神奇柑仔店

歡迎光臨錢天堂

錢天堂

神奇柑仔店大圖鑑

文 廣嶋玲子
圖 jyajya
譯 王蘊潔

在沒有人煙的昏暗小巷深處，有一家商店。
這家老舊的柑仔店，掛著「錢天堂」的招牌，
店門口陳列著五顏六色的零食。
這些閃閃發亮的零食，深深吸引著上門的顧客。
你會被哪一款零食吸引呢？

銭天堂
兄弟丸子
錢天堂
有用玩具

錢天堂的外觀

「錢天堂」柑仔店是一棟兩層樓的獨棟房子，只有一小部分作為店面使用。

攤車

錢天堂老闆娘外出擺攤時使用的攤車，有時候會去神社等地方擺攤。

扭蛋機

放在超市等地方的扭蛋自動販賣機。紅子有時候會去補貨，錢天堂門口也放了幾臺。

錢天堂內部

錢天堂的店面不大，但是房子的空間很寬廣，因為老闆娘紅子和許許多多的招財貓都住在這裡。

1樓

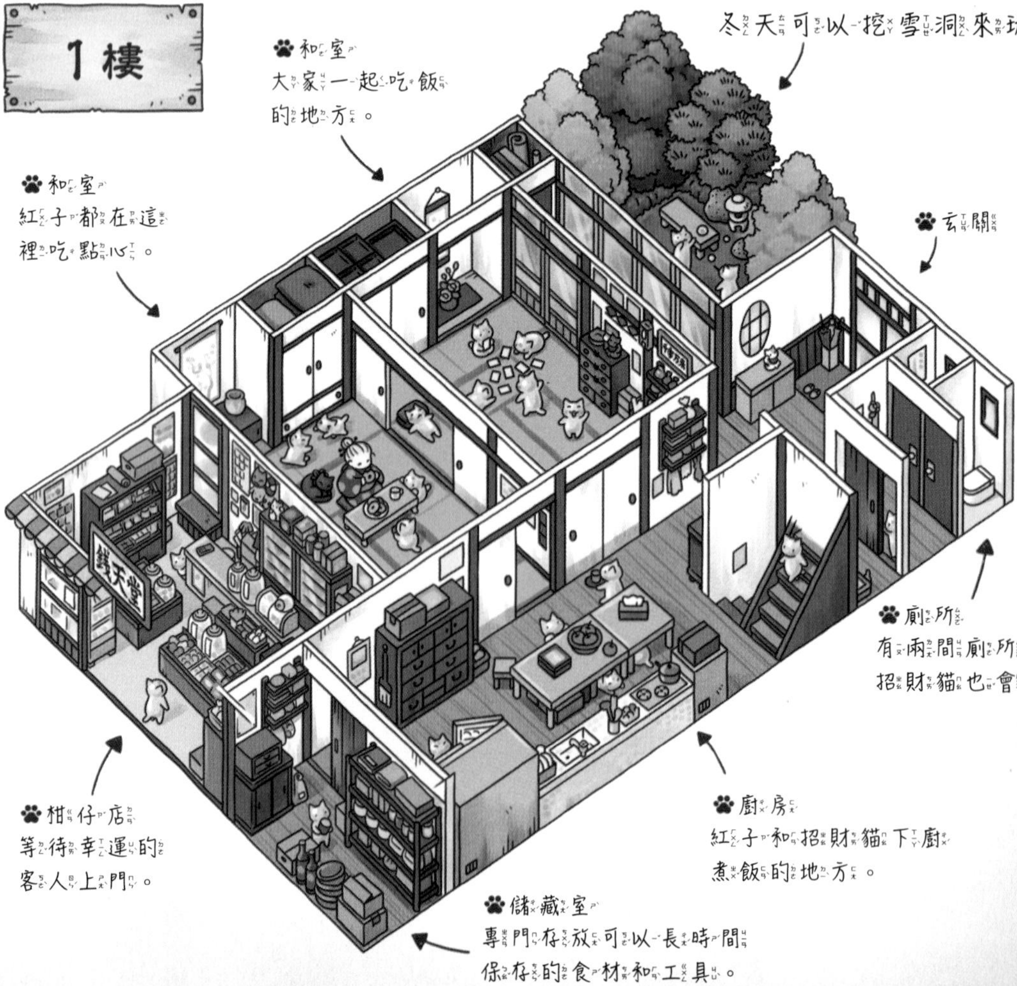

和室
大家一起吃飯的地方。
和室
紅子都在這裡吃點心。
庭院
夏天可以露營、放煙火，冬天可以挖雪洞來玩。
玄關
錢天堂
廁所
有兩間廁所，招財貓也會使用。
柑仔店
等待幸運的客人上門。
廚房
紅子和招財貓下廚煮飯的地方。
儲藏室
專門存放可以長時間保存的食材和工具。

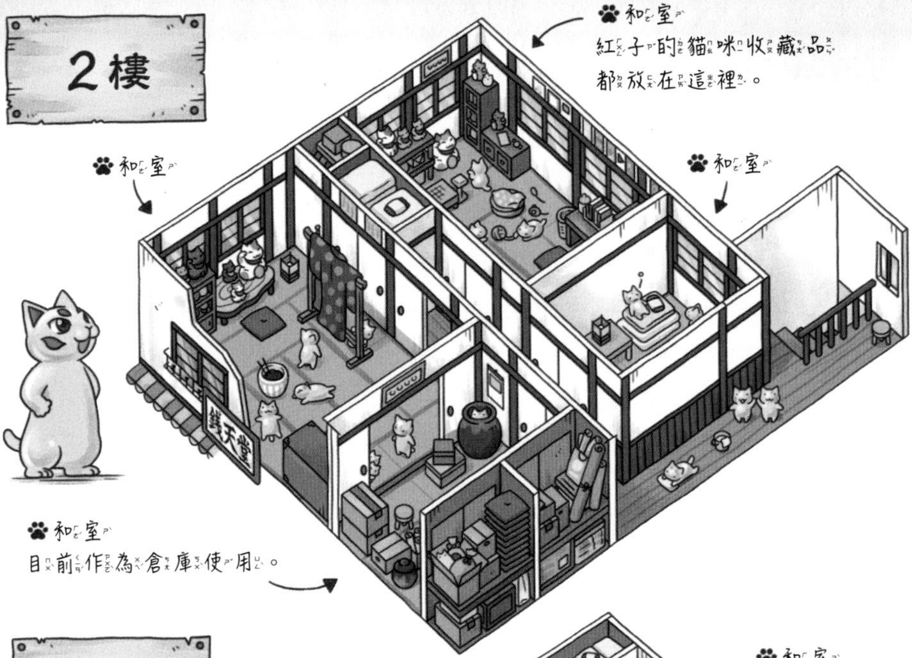
2樓
和室
紅子的貓咪收藏品都放在這裡。
和室
和室
錢天堂
和室
目前作為倉庫使用。

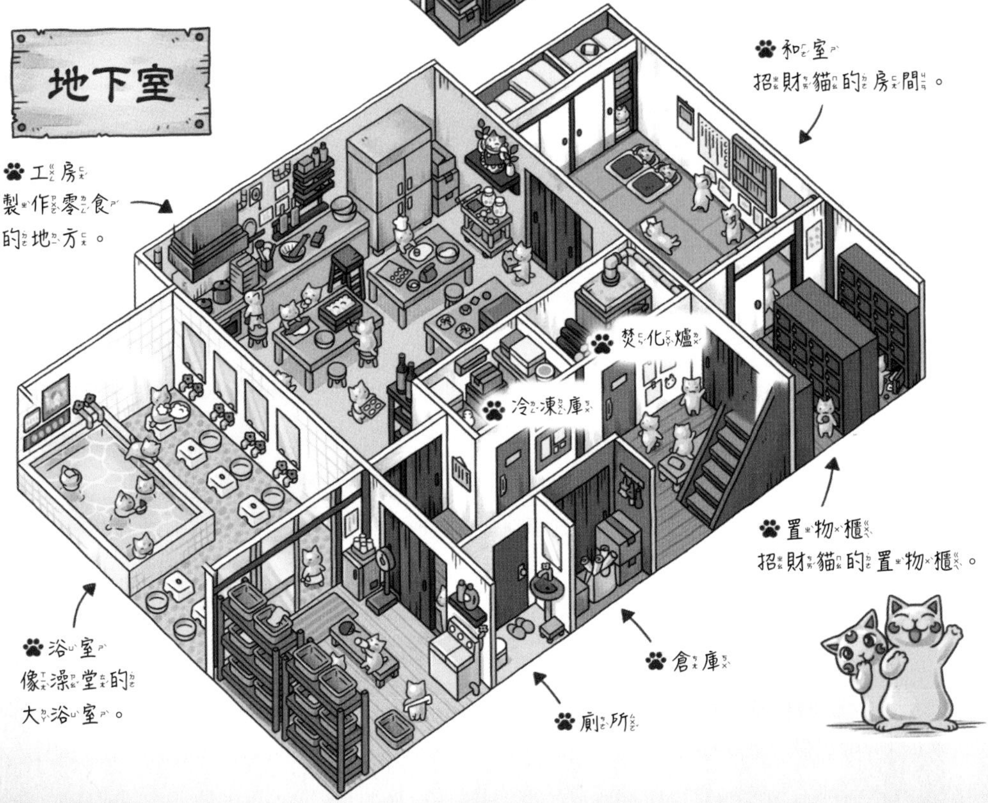
地下室
和室
招財貓的房間。
工房
製作零食的地方。
焚化爐
冷凍庫
置物櫃
招財貓的置物櫃。
浴室
像澡堂的大浴室。
倉庫
廁所

地下工房
安全第一
順暢蘇打水
妖怪羊羹
妙筆鉛筆
睡眠薄荷茶
PIZZA
招財貓每天都在工房內製作零食。錢天堂的商品都是在這裡製作的。

焚化爐

用來燒毀過期零食和失敗品，灰燼可以用來作為植物的肥料。

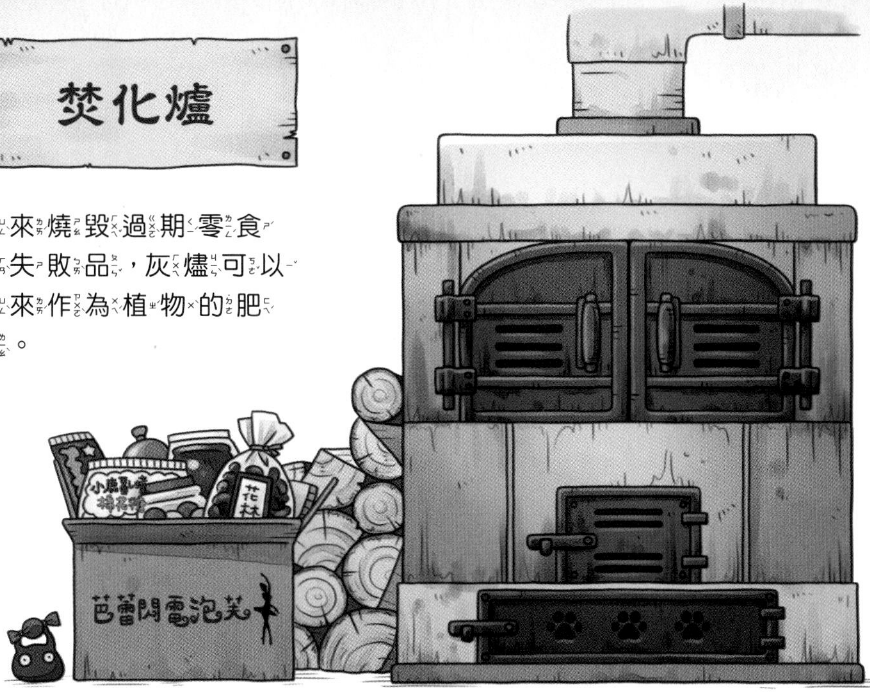

冷凍庫

水果等食材和冰淇淋都放在冷凍庫內，有時候也會把危險物品放在這裡保管。

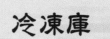

主要角色

紅子

錢天堂的老闆娘。
幸運的客人走進店內時，紅子會詢問客人的心願，然後推薦能為客人達成心願的零食。

鬼火堂

錢天堂的扭蛋供應商。

澱澱

「倒霉堂」的店主。
外表看起來是個七歲女孩，但是聲音很沙啞，把錢天堂當成競爭對手。

黑色招財貓

澱澱養的壞招財貓。

怪童

遊樂園「天獄園」的老闆。接受澱澱的委託，向紅子提出了一決勝負的挑戰書。

墨丸

紅子飼養的黑貓。聰明機伶，可以和紅子溝通。

金色招財貓

從幸運寶物誕生的金色招財貓。在錢天堂的工房工作，負責製作點心和包裝。

夜鴉宅配

把貨品送到錢天堂。送貨員穿著縫了黑色翅膀的奇妙斗篷。

無名的生物

外型像果凍一樣的生物，在錢天堂內落腳。

常闇橫町警察

在某個世界取締惡人惡事的團體，會把壞人關進鳥籠。

健太
這名少年雖然是幸運的客人，卻沒有買任何零食。他住在錢天堂，幫紅子打雜。

不幸蟲
錢天堂的零食導致客人不幸，或是客人感到後悔時，他們支付的錢幣就會變成不幸蟲。

研究員
六條教授的下屬，在六條研究所內工作。

六條教授
命令自己研究所內的屬下調查錢天堂。

關瀨
六條教授的助理，夏夢（P80）的爸爸。

封面插圖畫了什麼？

神奇柑仔店系列的封面插圖，
到底隱藏了什麼祕密喵？
我獲得了特別許可，
把書名和主人都移走了。

第 **4·5·6** 集
有這些宣傳廣告喵。

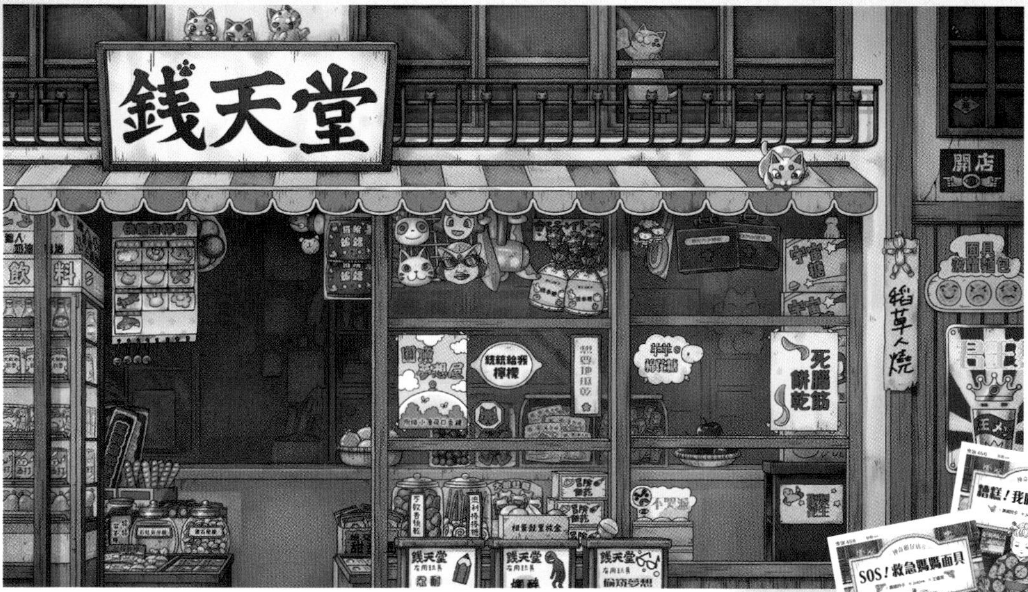

第7·8集　錢天堂的招牌後面，躲著「音音」、「麻呂」和「柚柚」三隻招財貓喵。

第9集　終於知道主人在哪個車站下車了喵！

第 13 集　這裡貼了圖文日記中的圖畫，難怪會覺得這幅畫似曾相識喵。

第 14 集　這張魚拓是用「現釣鯛魚燒」釣到的喵。

歡迎光臨錢天堂

神奇柑仔店大圖鑑

文 廣嶋玲子 圖 jyajya 譯 王蘊潔

目錄

神奇商品圖鑑 5
以惡意作為代價！倒霉堂 93
神奇柑仔店 107
分身泡泡糖 137
猛獸餅乾再次發威 159

墨丸和招財貓 195
喵哈哈的每一天 196
招財貓座談會 202
卷末附錄 紅子的煩惱諮詢 207
墨丸圖文日記 92・106・136・158・206
商品索引 212

致閱讀本書的幸運客人：
強烈建議各位先閱讀
《神奇柑仔店》系列的每一集故事，
再來看這本《神奇柑仔店大圖鑑》，
就可以像翻閱畢業相簿或是學校畢業紀念冊一樣，
充分感受其中的閱讀樂趣。

神奇柑仔店

神奇商品圖鑑

這位客人，
請問您有什麼煩惱呢？

第1集

美人魚軟糖

讓旱鴨子也可以像魚一樣在水裡自在游泳

帶有汽水般的刺激感，以及濃郁香甜的芒果滋味。

要認真看說明書中的注意事項。

食用方法・特色

用四十CC的水將軟糖粉完全溶化，再倒入模型中等待一個小時即可食用。吃完軟糖要喝一匙鹽水，避免真的變成美人魚。

注意事項

一旦出現「美人魚化」的現象，就要用人體模型製作軟糖食用。如果已經完全變成美人魚，就無法發揮效果，必須特別小心。

購買商品的人

篠田真由美（11歲）

很怕水，最討厭游泳的女生，每次一碰到水，就覺得自己要崩潰了。

經常有人說，騎腳踏車和游泳一樣，只要學會之後就一輩子都不會忘記。

幸運寶物

昭和42年的10元硬幣

第1集 猛獸餅乾

可以吃到造型逼真的猛獸餅乾

內有九塊馴獸師和造型逼真的猛獸餅乾。

食用方法・特色

先吃馴獸師餅乾，接著再吃老虎、獅子、狼等猛獸餅乾，就可以安全的享受餅乾的美味。

注意事項

一旦搞錯吃餅乾的順序，就會被猛獸餅乾攻擊。其實這款零食還有另一種力量……（見P159）

宮木信也（9歲）、宮木惠美（7歲）

信也最喜歡說鬼故事把妹妹惠美嚇哭。他跟著妹妹來到錢天堂，偷了錢天堂的商品。

幸運寶物

平成13年的50元硬幣

其實這次的幸運客人不是哥哥，而是買了「戒指糖」的妹妹惠美。

第1集 鬧鬼冰淇淋

吃了這種冰淇淋，家裡就會變成鬼屋

有著萊姆汽水般的清爽味道。
鬧鬼冰淇淋
可以把家裡變成鬼影幢幢，令人心驚膽顫的鬼屋。

食用方法・特色

冰淇淋只吃一半，把吃剩的另一半放進冷凍庫，就會發揮作用，把家裡變成鬼屋。只要把冰淇淋全部吃完，就可以讓家裡恢復原狀。

注意事項

每個鬧鬼冰淇淋只能有一個主人，如果讓其他人試味道或是和其他人分享，鬼怪會直接附身在最後吃冰淇淋的人身上。

購買商品的人

工藤美紀（21歲）

今年春天終於找到了工作，開始一個人生活。她超喜歡恐怖電影，所以和鬼怪相處愉快。

幸運寶物

五円

昭和35年的5元硬幣

覺得看恐怖電影還不過癮的人，可以用這款商品感受一下真正的靈異體驗。

第1集

現釣鯛魚燒

可以享受釣魚和吃零食的雙重樂趣

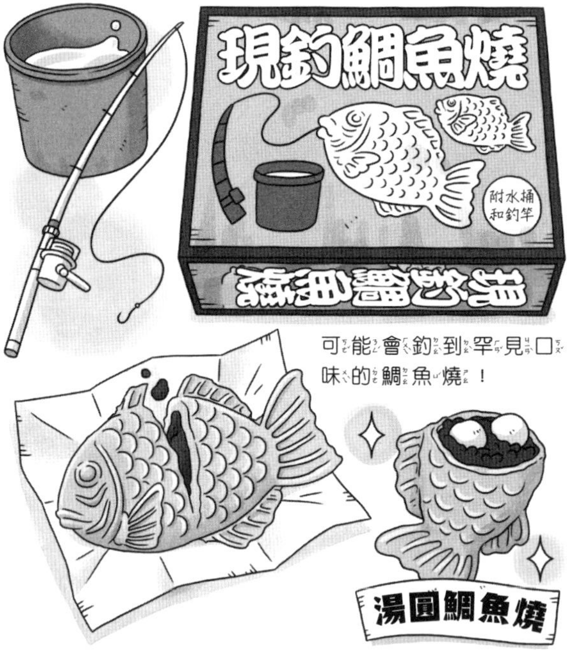
現釣鯛魚燒
附水捅和釣竿
可能會釣到罕見口味的鯛魚燒！
湯圓鯛魚燒

食用方法・特色

用商品附贈的折疊式水桶裝水，再使用盒內附加的釣竿，就可以連結到鯛魚燒海洋，釣到各式各樣的鯛魚燒。

注意事項

如果把指定釣竿以外的釣竿放進折疊式水桶，有可能會通往鯛魚燒海洋以外的地方。

購買商品的人

竹下慶司（8歲）

因為沒辦法和爸爸一起去釣魚而生氣。姊姊冬子很煩，還把他的釣竿踩斷了。

把「釣魚」和「鯛魚燒」結合，獨特的創意對研發商品很重要。

幸運寶物

100

昭和62年的100元硬幣

第1集

教主夾心巧克力

只要吃了巧克力，就可以發揮教主的潛力，迅速竄紅

巧克力有點大，
一口可能吃不完。

實力夾心巧克力

兩款巧克力的包裝很像，千萬不要搞錯。

食用方法・特色

巧克力內的棉花糖很Q彈，像牛奶糖一樣，還有肉桂的香氣。吃了之後可以激發內在的教主潛力，發揮出超過實力的能力。

注意事項

錢天堂另有一款外型相似的零食叫做「實力夾心巧克力」，能發揮出和實力相當的效果，不過要看吃的人本身的性格和實力到什麼程度。

購買商品的人

北島典行（28歲）

名不見經傳的美髮師，行為囂張，愛鬧脾氣，不願努力，出了問題就怪別人。他的姑姑在化妝品業界很有影響力。

錢天堂會根據每位客人的人品和性格，挑選適合他們的商品。

幸運寶物

昭和46年的
100元硬幣

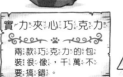

第 1 集

烹飪樹

吃樹上的果實，就可以吃到各種美味大餐的味道

烹飪樹上的果實柔軟飽滿，沒有果核，可以品嘗到漢堡排或是蝦子焗烤飯等各種美味大餐的味道。

食用方法．特色

把像麵包屑一樣的特製肥料放進鍋子，再將紅色圓珠子埋進麵包屑中，接著倒入一杯水，就會長出一棵小樹，樹上還會結出料理的果實。

注意事項

摘取果實之前，一定要合起雙手說：「我先開動了。」吃飽之後要說：「謝謝款待。」如果忘了說，就會受到心被吃掉的懲罰。

購買商品的人

根川澄玲（21 歲）

心地善良的大學生，很擔心住在同一棟公寓的年幼兄弟，因為他們的媽媽很不負責任，沒有好好照顧他們。

我在澄玲的要求下，把這款商品送去給那對整天餓肚子的兄弟。

幸運寶物

平成元年的 500 元硬幣

第2集

怪盜螺螺麵包

怪盜螺螺麵包能讓人像怪盜羅蘋，成為偷竊高手

大膽無敵、精彩絕倫的偷竊

神不知鬼不覺，易如反掌

喬裝打扮變化自如

食用方法・特色

只要吃了這款麵包，就能具備怪盜羅蘋的能力。即使被別人看到，對方也記不住你的長相，偷東西也不會被人發現。

注意事項

如果太得意忘形的使用這種能力，不懂得適可而止，就會遇到比自己更幸運的人（警方），並且遭到懲罰。

江城秀元（46歲）

雖然想成為偷竊高手，但是最近體力越來越差，對小偷的工作產生了危機感。

幸運寶物

昭和56年的100元硬幣

我忘了提醒這位客人要收斂一點，結果他太得意忘形了。

第2集

醫生汽水糖組

只要穿上白袍、戴上眼鏡，就可以發現疾病，用汽水糖為人治病

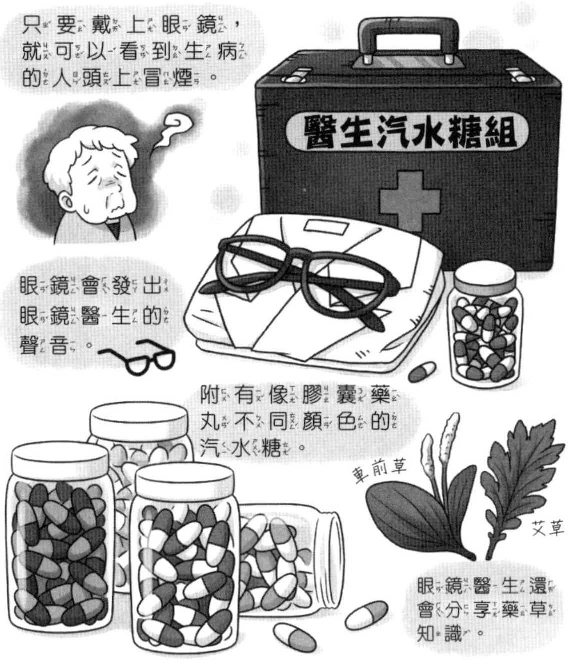
只要戴上眼鏡，就可以看到生病的人頭上冒煙。
醫生汽水糖組
眼鏡會發出眼鏡醫生的聲音。
附有像膠囊藥丸不同顏色的汽水糖。
車前草
艾草
眼鏡醫生還會分享藥草知識。

食用方法・特色

醫生的白袍、裝在瓶子裡的汽水糖藥丸，還有醫生的黑框眼鏡都在黑色手提箱中。可以發現生病的人，用汽水糖藥丸為病人治病。

注意事項

雖然汽水糖也可以當零食吃，但想要為別人治病，就要穿上白袍、戴上眼鏡，汽水糖就會變成藥。

購買商品的人

楠本千里（5歲）

就讀幼兒園大班。心地善良，長大以後想要成為醫生，最喜歡看到別人的笑容。

聽說這位妹妹後來成為了很出色的醫生。

幸運寶物

10

平成3年的10元硬幣

第2集 稻荷仙貝

附贈抽籤鑰匙圈的白色仙貝

稻荷仙貝
稻荷神會透過籤條傳達神旨。
仙貝上用黑芝麻畫了神奇的圖案和文字。

食用方法·特色

只有吃了仙貝的人才能使用，附贈抽籤鑰匙圈，能回答所有關於未來的問題。

注意事項

問完問題後，一定要說：「稻荷神每言必中！」如果違背稻荷神的預告，稻荷神可能會親自來嚴加處罰。

購買商品的人

野田早苗（12歲）

對占卜有濃厚的興趣，喜歡引人注目。不過個性強勢、愛生氣，因此惹怒了稻荷神。

雖然這位客人發生了令人遺憾的結果，但她在第八集的故事中有再度登場。

幸運寶物

50

昭和49年的50元硬幣

第2集

音樂果

音符形狀的小餅乾，吃了可以成為音樂家

只要吃了「莫札特風味」的音樂果，就能把莫札特的曲子彈得出神入化。

食用方法・特色

裝在袋子裡的小餅乾，有巴哈、莫札特和貝多芬等不同音樂家的口味。

注意事項

可以把袋子上所寫的作曲家的曲子彈得出神入化，只不過沒辦法演奏其他作曲家的作品。

立花響（10歲）

希望彈得一手好琴的小學生，但是鋼琴教室的老師很嚴格，所以每次去上鋼琴課都心情沉重。

商品的賞味期限過了，幸好我登門道歉時，靠另一款商品的力量順利解決了問題。

幸運寶物

平成13年的10元硬幣

第2集

報仇尪仔標

錢天堂的扭蛋機，扭出了可以復仇的尪仔標

扭蛋內有十張尪仔標，其中一張畫了惡魔的臉，其他九張是白色的。
惡魔尪仔標把其他尪仔標翻過來的時候，會發出笑聲!?

食用方法・特色

把想報仇的對象名字寫在白色尪仔標上，然後用惡魔尪仔標把白色尪仔標打翻過去，就可以向對方報仇。扭蛋裡總共有九張白色尪仔標。

注意事項

雖然可以向憎惡的對象報仇，但是無法決定報仇的方法，很可能會導致意想不到的結果，最後令自己懊惱不已。

購買商品的人

長谷川大輝（42歲）

在一家小型偵探事務所上班，受購買教主夾心巧克力（P10）的客人委託，想要尋找紅子，但是遲遲找不到。

幸運寶物

100

昭和62年的100元硬幣

其實那起意外的真正原因，是購買教主夾心巧克力的客人恩將仇報引起的。

第2集

款待茶

這款紅茶會帶來聊天的朋友，消除寂寞

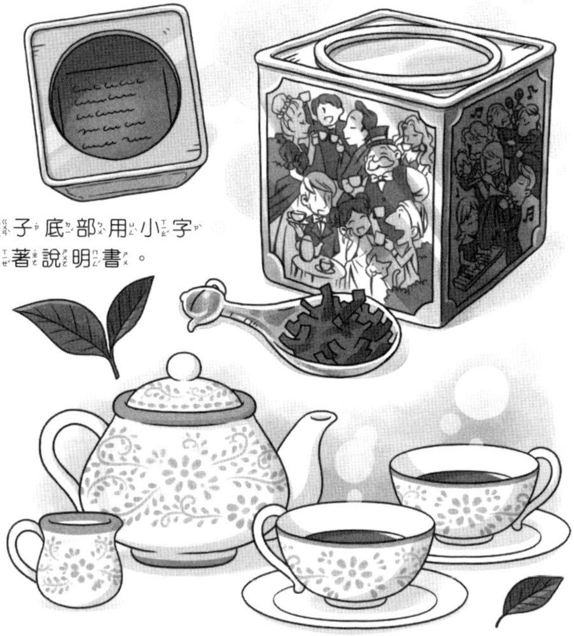

罐子底部用小字寫著說明書。

食用方法・特色

香氣宜人的琥珀色紅茶。只要將茶倒進自己和客人的杯子中，能為自己消除寂寞的對象就會現身。

注意事項

現身的未必是實際存在的人。最後一杯茶隱藏了很強的魔法，可以讓人遇到對的人，呼喚生命中的真命天子或是真命天女。

有馬綠莉（43歲）

長年獨自生活的單身女子，感到寂寞的時候就會去購物，或是去聽音樂會散心。

幸運寶物

平成20年的1元硬幣

日常生活中，這種寂寞的心情有可能會帶來新的緣分。

第3集

貘貘最中餅

最中餅裡隱藏了神獸貘靈力，可以吃掉惡夢

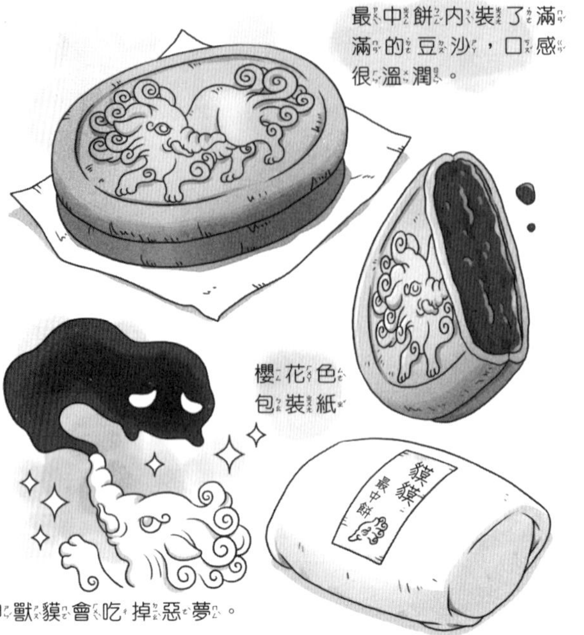
最中餅內裝了滿滿的豆沙，口感很溫潤。
櫻花色包裝紙
貘貘最中餅
神獸貘會吃掉惡夢。

食用方法・特色

小金幣形狀的最中餅，金褐色表面畫了貘的圖案。吃了貘貘最中餅的那一天，就不會再做惡夢，可以睡得很香甜。

注意事項

要和出現在夢中的貘當好朋友，如果和牠吵架，牠就不會再幫忙吃掉惡夢了。

購買商品的人

橫手信孝（34歲）

英俊瀟灑也很能幹的上班族，很愛家人。為了女兒真理惠，買了錢天堂的商品。

這位客人當時很猶豫要買「貘貘最中餅」還是「逆襲薑汁汽水」（P88）。

幸運寶物

50

昭和60年的50元硬幣

第3集 答錄機蝸牛貼紙

代替主人接電話、回覆電子郵件的貼紙

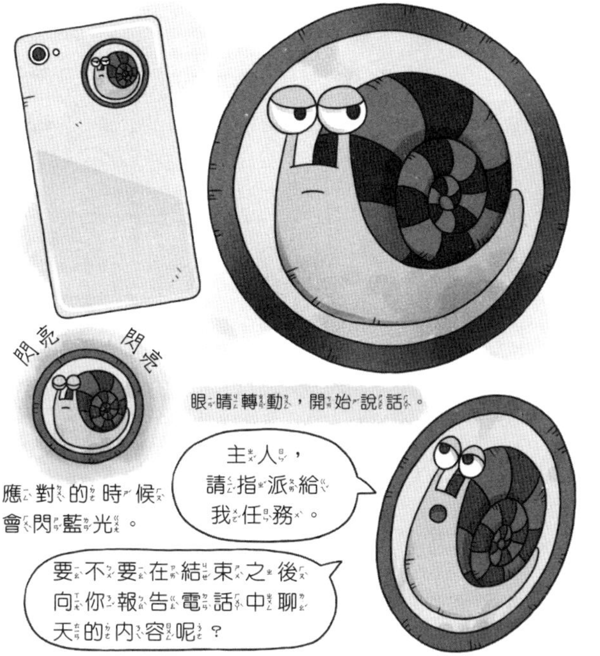
閃亮 閃亮
眼睛轉動，開始說話。
應對的時候會閃藍光。
主人，請指派給我任務。
要不要在結束之後向你報告電話中聊天的內容呢？

食用方法・特色

把貼紙貼在手機上，就可以代替主人接電話或回覆電子郵件。回應的方式和主人完全一樣，對方完全不會察覺。

注意事項

雖然也有反向搜尋的功能，但如果用在接電話和回覆電子郵件以外的事情上，就會發生過熱現象，在發出輕微的聲音後消失得無影無蹤。

幸運寶物

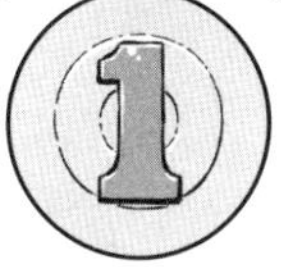

平成7年的1元硬幣

購買商品的人

井口智美（10歲）

買了新手機的四年級女生，最近因為有了手機，對人際關係感到很疲累。

聽說現在很多孩子都有手機，所以我把貼紙改良成適合所有機種的形式。

第3集 繪馬仙貝

吃下繪馬形狀的仙貝，可以實現心願

不能吃掉，
要獻給神明。

用附贈的醬油
筆寫下心願。

食用方法・特色

繪馬形狀的仙貝上，畫了一隻騎在馬背上的招財貓。只要用醬油筆寫下心願，把繪馬仙貝獻給神社，願望就可以實現。

注意事項

偶爾會發生兩個人願望相同但結果互相衝突的情況，導致兩個人的願望都無法實現。遇到這種情況，會退還已經支付的幸運寶物。

購買商品的人

西谷勝（9歲）、**廣田由香**（9歲）

小勝想和丹莉分在同一班，但又覺得丹莉的好朋友由香很討厭。由香也不喜歡經常調侃丹莉的小勝。

幸運寶物

昭和57年的
5元硬幣
平成8年的
100元硬幣

這次兩位客人的心願相同，導致繪馬仙貝失效，真是太令人驚訝了。

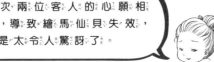

第3集

除皺酸梅

吃了除皺酸梅，臉上的皺紋就會不見，皮膚也變得富有光澤

每天吃幾顆，皮膚就會越來越光滑。

如果吃過量，會造成反效果。

內有許多綠色的酸梅，和一顆比較大的紅色酸梅。

食用方法・特色

瓶子裡的綠色酸梅，任何年紀的人只要每天吃幾顆，臉上的皺紋就會消失，皮膚也會變得光滑有彈性。

注意事項

要是吃太多，反而會導致皮膚變得皺巴巴。不過只要把瓶子裡唯一一顆紅色酸梅給別人吃，臉上的皺紋就會轉移到那個人身上。

岡村雪江（68歲）

原本以為自己還很年輕，沒想到孫女對她說：「奶奶，你的臉皺巴巴。」而深受打擊。

錢天堂的商品豐富多樣，也可以讓高齡的客人心滿意足。

幸運寶物

平成17年的500元硬幣

第3集

兄弟丸子

吃了丸子，就可以改變兄弟之間的地位

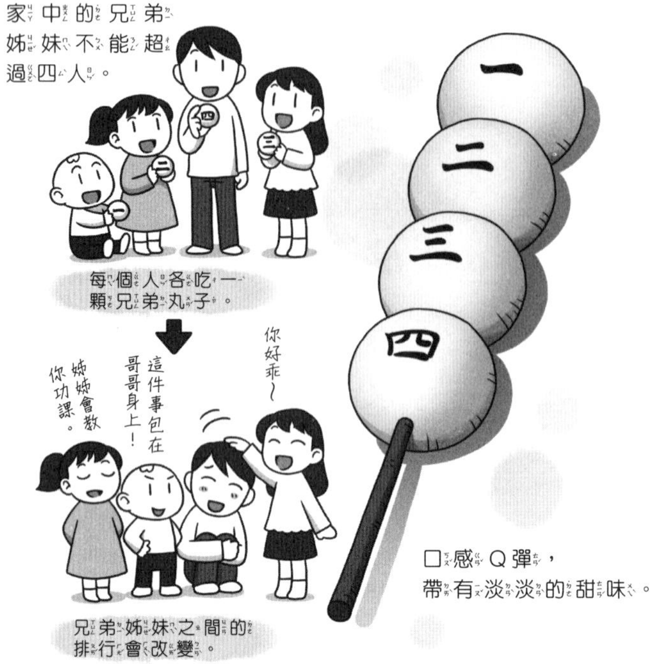
家中的兄弟姊妹不能超過四人。
每個人各吃一顆兄弟丸子。
姊姊會教你功課。
這件事包在哥哥身上！
你好乖～
兄弟姊妹之間的排行會改變。
一
二
三
四
口感Q彈，帶有淡淡的甜味。

食用方法・特色

這是專門為對手足關係感到不滿的人準備的商品。串在木籤上的丸子有編號，比方說吃了一號丸子的人，就會變成長子／長女。

注意事項

如果沒有想清楚就改變兄弟姊妹的順序，會發生各種意想不到的狀況導致後悔，所以食用的時候要格外小心謹慎。

購買商品的人

中村明（11歲）

他是家裡四個兄弟姊妹中的老大，厭煩整天都要照顧弟妹，希望自己可以像老么一樣耍任性。

這家人後來吃了「輪流角色扮演花林糖」（P88），能輪流扮演家庭中的各種角色。

幸運寶物

平成3年的10元硬幣

第3集

木乃伊彈珠汽水

可以輕鬆瘦身，健康活上好幾千年

古代埃及法老王御用飲料。

只要喝下這瓶汽水，就可以活幾千年，也很推薦想要瘦身的人飲用。

一旦飲用過量就會變成木乃伊，屆時瓶子會變成棺材，木乃伊將在裡頭沉睡兩千年。

恢復原狀藥

可用家中的食材製作。

食用方法・特色

瓶裝彈珠汽水，外形像法老王圖坦卡門的黃金棺材，這是根據法老王的祕藥改良，用來讓身體維持現狀的飲料，也可以用於瘦身。

注意事項

一次喝超過三分之二的量，就會變成木乃伊。一個小時後，瓶子會變成棺材，把變身完成的木乃伊關進去，必須在這之前把「恢復原狀藥」倒在身上。

幸運寶物

昭和61年的100元硬幣

小暮悠里（15歲）

很在意自己外表的高中生。為了讓自己變漂亮而拚命減肥，幾乎變成拒食症。

這位客人的妹妹發現狀況不對，所以急忙打電話給我，當時的情況真的很緊急。

第4集 猜題罐頭

只要吃了猜題直覺水果，就可以猜到考試的題目

猜題罐頭裡的水果吃起來像桃子，味道很甜，好吃得不得了。

只要重點復習憑直覺猜到的考試題目，考試就沒問題了，不必白費力氣去讀不會考的地方。

食用方法・特色

吃了猜題直覺水果，能使猜題能力大增，知道考試會出什麼題目。只要復習猜到的重點，考試成績就會很出色。

注意事項

倒霉堂的作弊炸麻糬（P101）可以直接知道考試題目的答案，但「猜題罐頭」需要讀書才能考出好成績。

水野雄太（11歲）

很討厭讀書，每次稍微看了幾頁書就放棄，所以考試成績都很差。他經常欺負班上的愛哭鬼洋介（P25）。

無論任何事，把主動權完全交給別人，往往會落入陷阱。

幸運寶物

昭和59年的500元硬幣

第4集

狼饅頭

可以獲得像狼一樣的強大力量

察覺危險可以馬上採取行動，同時也會變得很有力氣。

像滿月一樣的白色饅頭。

不再需要狼的力量時，
只要說出放棄的心願，就能恢復原狀。

食用方法・特色

白豆沙的甜味很高雅，薄薄的外皮略帶鹹味，吃了之後就會擁有像狼一樣的力氣，而且身體的感覺也會變得很敏銳。

注意事項

容易脾氣暴躁，進而傷害別人，所以平時的行為要格外謹慎。當野獸的能力增強時，外表也會漸漸變成人狼。

富永洋介（11歲）

個性很膽小，所以總是被其他同學欺負。想成為打架不會輸的人。

幸運寶物

平成25年的
1元硬幣

這位客人買了「狼饅頭」，
可能會為他的人生帶來很
大的正面影響。

第4集

睡眠撲滿

可以把多餘的睡眠時間存進撲滿

把睡眠時間存在時鐘外形的撲滿裡，就會變成金幣巧克力。只要吃下巧克力，就能發揮和睡覺相同的效果。

食用方法・特色

當躺在床上睡覺的時間比原本設定的時間更長時，多餘的睡眠時間就可以貯存起來。每存入一個小時，撲滿就會製作一塊金幣巧克力，等到想睡時，就能吃巧克力補充睡眠。

注意事項

如果把金幣巧克力給別人吃，自己就會睡不著。倒霉堂的「睡不著仙貝」（P102），是吃了就會睡不著的商品。

幸運寶物

昭和55年的5元硬幣

購買商品的人

笹井紀子（25歲）

很喜歡公司的前輩健司。她個性堅強，也很有毅力，一旦下定決心就會貫徹初衷。

睡眠這種事，即使借助了神奇零食的力量，也往往無法如願。

第4集 哥布林巧克力出奇蛋

出奇蛋內有可以為主人實現願望的哥布林公仔

綠色扭蛋，雞蛋形狀的巧克力裡面裝了公仔。
巧克力甜中帶有一點刺激的風味。
哥布林公仔
大小差不多就像成人的大拇指。
支付報酬不能小氣，先付報酬，效果更佳！
主人沒看到時會自己動!?

食用方法・特色

可以把工作或是雜事交給哥布林公仔處理，但有時候哥布林公仔會用拐彎抹角的麻煩方式完成任務。

注意事項

哥布林的個性很難搞，如果不在事前真心誠意的支付充分報酬，哥布林就會用迂迴的方式完成主人的心願。

幸運寶物

平成12年的50元硬幣

購買商品的人

吉田真美（7歲）

她對媽媽整天囉嗦很不滿，想要有一個管家可以代替自己做很多事。

不管怎麼說，拜託別人做事時，誠心誠意的請求是很重要的。

第4集

刷牙果

吃了之後，讓牙齒變得又白又亮的堅果

堅果是潔白亮晶晶的牙齒形狀。

沒有吃刷牙果的時候，記得要認真刷牙。

只要吃一顆，即使不刷牙，牙齒也可以又白又亮。

食用方法・特色

清涼的薄荷味道，吃了能讓口氣清新。只要吃一顆，牙齒就會變白，沒時間刷牙的時候很方便。

注意事項

只有吃刷牙果的時候，才能維持牙齒健康，刷牙果吃完後，就要自己好好保護牙齒。

購買商品的人

安室誠一（13歲）

個性懶散，很怕麻煩。在喜歡的女生面前很不坦誠，會欺負或是作弄女生。

牙齒是一輩子的資產，從小認真刷牙，上了年紀之後，仍然可以維持健康。

幸運寶物

平成5年的10元硬幣

第4集

彩虹麥芽糖

可以讓內心變得美好的麥芽糖

只要滴一滴變化液，麥芽糖的顏色和味道就會不一樣。

紅、橙、黃、黃綠、綠、淡藍、藍、紫、金茶色、櫻花色、銀色、黑色。
彩虹麥芽糖
吃了之後心情就會變得很愉快。
當你真心希望時，麥芽糖會變成最美的色彩——彩虹色。

銀色的細緞帶上寫了一行彩虹色小字。

食用方法・特色

麥芽糖裝在圓形瓶子中，只要滴入一滴變化液，再充分攪拌，麥芽糖就會變成五彩繽紛的美麗顏色，讓內心變得美好。

注意事項

當購買者真心希望時，即使不加變化液，麥芽糖也會變成彩虹色，可以讓其他人的內心變得美好。

購買商品的人

等等力元華（17歲）

夢想成為畫家的考生。她發現好朋友百合子的素描實力大增，內心感到著急。

幸運寶物

100

昭和60年的100元硬幣

麥芽糖的顏色變化具有獨特功效，可以改變內心世界的天氣，是錢天堂很有信心的商品。

第5集

全新徽章

只要別上這個徽章，就可以讓身上穿戴的東西全都變成新品

一戴上徽章，全身衣物都會變成新品。

不要把裝在扭蛋內的說明書丟掉，一定要仔細閱讀。

戴著徽章的時候，衣服絕對不會弄髒。

食用方法・特色

扭蛋商品。十元硬幣大小的徽章上，刻了一個銀色的「新」字。戴上徽章後，身上的衣服和腳上的鞋子就會變成全新。

注意事項

別針有點鬆，很容易掉落。如果借給別人使用後繼續用在自己身上，就會中「破爛魔咒」，無論穿什麼衣服，看起來都會破破爛爛。

辻本潤（6歲）

家裡四個孩子中的老么，媽媽每次都給他穿破舊的衣服，他為這件事感到很不滿。他想用全新徽章幫助衣服弄髒的姊姊。

穿新衣服當然很高興，但是並不是非要新的衣服不可。

幸運寶物

在家門口的空地撿到的

第5集

千金小姐可可

喝了千金小姐可可，說話和行為都會變得很有氣質

濃郁的巧克力和溫潤的牛奶混在一起，在嘴裡融化。

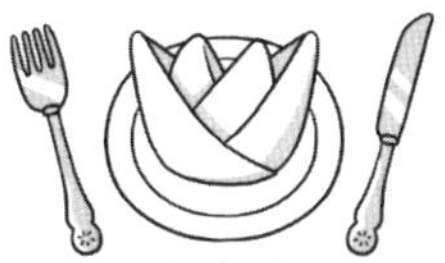

餐桌禮儀十全十美。

說話也變得很淑女。

食用方法・特色

巧克力色的飲料罐上灑了金粉。只要喝了這罐可可飲料，馬上會變成氣質、教養兼具的完美淑女。

注意事項

如果缺乏內涵，只是為了追求表面的氣質而喝這罐飲料，就會被人識破，反而會帶來痛苦。

葛城美彌（23歲）

厭倦了平凡的生活，很想擠入上流社會。積極相親，想找一個「金龜婿」。

幸運寶物

向可疑的男人花了一萬元購買

那一次是錢天堂的商品遭竊，商品落入了不是幸運客人的手中。

第5集

虛擬徽章

只要戴在身上，就能進入虛擬世界

我是虛擬徽章，也是帶領你來到虛擬世界的引路人。
鋁製徽章，顏色是像金幣般鮮豔的金色。
VIRTUAL BADGE

注意！

如果在遊戲世界死亡，就無法再復活。

好吃！
可以真實體驗遊戲世界

食用方法・特色

扭蛋商品。把徽章戴在身上，就可以逃避現實，進入虛擬世界，以遊戲角色的身分在虛擬世界中體驗生活。

注意事項

進入遊戲後會從等級一開始，只要拿下徽章，就會回歸現實世界，再也無法進入遊戲的世界。

得到商品的人

桑田悟（21歲）

成為整天躲在家裡不出門的繭居族邁入第四年，一直熬夜玩遊戲，在遊戲中以隊長的身分組隊冒險，被其他玩家稱讚是他的生存意義。

我相信有很多人喜歡遊戲的世界，但是現實世界和遊戲世界不一樣喔。

幸運寶物

?

在信箱中發現的

第5集 帥哥面具

只要戴上面具，馬上變成大帥哥

可以變成所有女生都心動的帥哥！

Q彈的冰涼面具能包住整張臉。

女生也能變成美男子。

食用方法・特色

扭蛋商品。面具很像美容面膜，可以包住整張臉，然後會滲入皮膚。一旦戴上面具，就會變成絕世美男子。

注意事項

即使用手觸摸，也摸不出面膜和肌膚的差異。在戴面具之前，要先擦油，否則面具會很難拿下來。

須賀菜穗子（26歲）

在小學附近派出所駐守的可愛女警。平常沒什麼重大事件，整天都閒閒沒事做。

幸運寶物

？

交到派出所的遺失物

這個故事再次證明，如果錢天堂的商品落入不是幸運客人的人手中，後果不堪設想。

第5集

演講果汁

喝了果汁說話就會變得很流利

可以憑藉流利的談話和動聽的聲音感動聽眾。

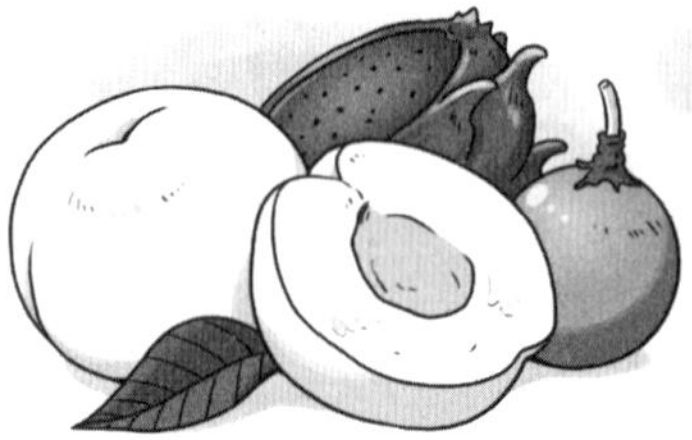

味道像桃子汁，水果的味道很有熱帶風味。

食用方法．特色

這款果汁混合了鮮豔的粉紅色和黃綠色液體，看起來有點噁心。但是喝了這種果汁就能吸引聽眾，成為演講和朗讀高手。

注意事項

說別人壞話的時候，臉上會出現粉紅色和黃綠色斑點。除了這款飲料外，錢天堂還有「光溜溜茶」等其他種類。

得到商品的人

東條繪里香（8歲）

同班同學萌美（P35）讓朗讀比賽的練習很不順利，她因此很生氣。在不知道果汁效果的情況下，購買飲料送給萌美喝。

這位小妹妹最後放下了自己的惡意，被「護身貓」（P35）拯救。

幸運寶物

?

向可疑的男人花了100元購買

第5集

護身貓

可以保護主人的貓騎士吊飾

在保護主人時，
貓騎士會高喊：
「護身貓！」

連細節都做得
很精巧。

食用方法・特色

黑貓公仔吊飾。穿著歐洲騎士般的銀色盔甲，手上握著劍，會全力保護主人。

注意事項

只有心地善良的人才能駕馭黑貓騎士。即使曾經心懷惡意，只要願意放下，護身貓就會挺身相救。

得到商品的人

津川萌美（8歲）

個性樂天卻很害羞，也很容易緊張。害怕演講和朗讀這種必須在別人面前說話的事。

「護身貓」打敗了偷竊錢天堂商品、到處亂販售的小偷。

幸運寶物

把「帥哥面具」送去派出所得到的回禮

第6集
驚奇最中餅
可以變成不拘泥小節的大人物

外皮酥脆，濃郁香甜的豆沙在嘴裡擴散。

驚奇最中餅
成為大人物，心情超級好！

擦盤子
好啦，沒關係
不正當
不行
率先去做討厭的事。
不會心浮氣躁。
不做不正當的事。

食用方法・特色

栗子形狀的最中餅，美味可口，即使不喜歡吃豆沙的人也沒問題。吃了之後就不會拘泥於小事，成為大家眼中值得依靠的人。

注意事項

大人物不是外形高大而是心胸寬大；讓人吃了之後長高的是「長高高餅乾」。

購買商品的人

南川海斗（10歲）

熱愛運動，運動能力也很強。是個性格開朗，大家都喜歡的男生。他唯一的煩惱就是個子不高，連弟弟都比他高。

那次我難得感冒了，不小心把錯誤的商品賣給了客人。

幸運寶物

10

平成8年的10元硬幣

第6集

平衡麵包脆餅

兩人一起吃，就能夠生活協調、和睦相處

口感酥脆，帶有淡淡甜味的麵包脆餅，一盒有兩小片。

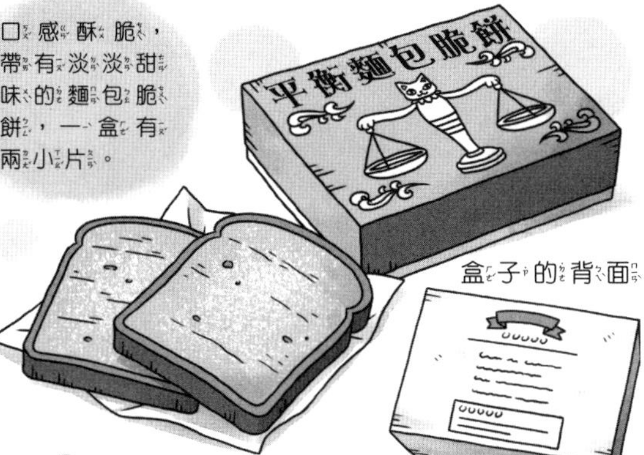

盒子的背面

如果吃太多，生下的孩子會感情不好。

追求適度的圓滿生活，一人吃一片就夠了。

食用方法・特色

吐司外形的薄片脆餅，上面灑了很多閃亮亮的砂糖。兩個人一起吃時，可以建立協調的人際關係。

注意事項

兩個人吃一盒剛剛好，如果吃太多，商品的力量可能會造成未來的不協調，請務必注意。

購買商品的人

瀨川曜子（26歲）**多賀友哉**（26歲）

曜子的個性大刺刺、不拘小節，不喜歡打掃和整理；友哉很愛乾淨，而且很神經質，兩個人的性格完全相反。

除了追求和別人關係的協調，自己內心的平衡也非常重要。

幸運寶物

平成22年的5元硬幣

第6集

忍耐鉛筆

用忍耐鉛筆寫下想忍耐的事，就可以心想事成

長度大約四公分，短短胖胖的綠色鉛筆。
忍耐！
絕對不能取消用忍耐鉛筆忍耐的事！
OOOO
忍耐！
OOO
忍耐！
取消忍耐

用忍耐鉛筆寫下的事，效果可以持續一整天。

食用方法・特色

扭蛋商品。短短的綠色鉛筆，可以把想要忍耐的事寫在紙上，在最後寫下「忍耐！忍耐！」就真的能夠忍住。

注意事項

如果寫下想要忍耐的事之後又取消，之前忍耐的事就會以十倍奉還，可能會造成巨大的痛苦。

得到商品的人

宇澤史郎（10歲）

腸胃很弱，經常要上廁所。每次上課都會在固定的時間想上「大號」，這也是他最大的煩惱。

因為我的粗心大意，導致商品落入不是幸運客人的人手上。我要好好反省。

幸運寶物

紅子遺失的商品

第6集 迷人軟糖

讓你從此人見人愛的軟糖

軟糖有各種顏色，看起來閃閃發亮，很漂亮！
迷人軟糖
我這麼愛你

心愛的人離開……　讓你從此人見人愛。

食用方法・特色

像寶石般色彩鮮豔的軟糖，吃了之後能讓你從此人見人愛。沒有規定吃的次數和分量。

注意事項

吃了這種軟糖雖然能夠變得人見人愛，但也很容易讓真正喜歡的人討厭，可以說是一種測試自我的商品。

購買商品的人

大村約翰（狗）（8歲）

牠很愛自己的主人隼人。成為錢天堂的客人後，紅子餵牠吃了軟糖，但牠想要為隼人放棄這種能力。

幸運寶物

500

平成15年的500元硬幣

錢天堂的商品非常豐富，即使客人不是人類，也能夠滿足客人的需求。

第6集

長髮公主椒鹽捲餅

可以讓頭髮變成自己喜歡的長度

長長的頭髮很有光澤，美得簡直可以去拍洗髮精廣告。

長髮公主
椒鹽捲餅

長髮公主、長髮公主，請讓我的頭髮恢復原狀。
咻
想要恢復原狀時
長髮公主、長髮公主，請讓我的頭髮長長五公分。
飄逸
想讓頭髮變長時

食用方法・特色

吃完餅乾，要唸「長髮公主、長髮公主，請讓我的頭髮長長〇公分」，就可以如願讓頭髮變成想要的長度。

注意事項

如果把一輩子的頭髮都長完，就無法再長出頭髮。不過，只要吃下錢天堂的「多如牛毛文字燒」(P89)，就可以解決這個問題。

購買商品的人

吉川倫月（8歲）

雖然很愛爸爸，但無法忍受爸爸的禿頭，覺得很丟臉，希望爸爸能夠變帥。

這位客人的爸爸以前曾經來過店裡，買了「天下無敵甜甜圈」(P89)。

幸運寶物

昭和64年的1元硬幣

第6集

催眠蝙蝠

能哄嬰兒入睡的蝙蝠玩偶

差不多手掌大小的黑色蝙蝠玩偶。
催眠蝙蝠
嬰兒哭鬧時，只要聽到「催眠蝙蝠」的催眠曲，心情馬上就會變好。
注意！
吼

如果使用不當，蝙蝠可能會搶走孩子。

食用方法・特色

把蝙蝠玩偶掛在嬰兒床上方，蝙蝠就會繞圈飛行，發出讓嬰兒感到幸福的超音波。

注意事項

在嬰兒學會說話之前要把蝙蝠拆掉，催眠蝙蝠聽到嬰兒叫「媽媽」，會以為自己就是媽媽。適合年齡因人而異。

幸運寶物

100

平成2年的100元硬幣

購買商品的人

今寺雛子（28歲）

家庭主婦。滿六個月大的兒子每天晚上都會哭鬧，她照顧孩子很累，希望能有幾個小時的自由時間。

嬰兒晚上哭鬧的確是媽媽的煩惱，這位客人最後和兒子建立了更深厚的感情。

第7集

圓頂夢想屋

可以親身感受迷你小世界的圓頂玩具

紙盒內有小盒子、泥土、口香糖和說明書。

越看越有趣

可以欣賞夢想屋內植物生長、人偶玩耍的樣子。

可以進入夢想屋玩耍

只要吃縮小薄荷口香糖，身體會縮小成人偶的大小，進入夢想屋的世界。只要把口香糖吐出來，身體就可以恢復原狀。

食用方法・特色

可以享受有生命力的迷你小世界。只要把口香糖放進嘴裡咀嚼，手摸夢想屋，身體就會縮小，進入「圓頂夢想屋」。

注意事項

吃完的口香糖如果沒用銀紙包起來丟掉，或是不小心吞下去，除非發生很大的衝擊，否則無法從夢想屋回到外面的世界。

倉里裕美（10歲）

家裡的公寓很破舊，而且不能養寵物，她很希望可以住在漂亮的房子裡。

幸運寶物

平成6年的500元硬幣

如果沒有發生摔破夢想屋的意外，這位客人會一直留在夢想的世界裡。

第7集

笑到最後麩果

在重要的比賽中發揮作用，贏得勝利

只要認真比賽，就會在最後贏得勝利。

即使對手很弱，如果比賽時漫不經心，也會輸得慘不忍睹。

黑糖風味加上在嘴裡如雪花般溶化的口感令人愛不釋手。

跟棍棒差不多大的麩果。

食用方法・特色

口感香脆的麩果，一口咬下，黑糖的香氣和甜味會在嘴裡擴散。在重要的比賽中，可以發揮超出實力的能力，一定可以獲勝。

注意事項

要認真投入比賽，如果掉以輕心或是沒有全力以赴，就無法獲勝。倒霉堂的「不敗杏桃乾」（P101），效果是在任何比賽都能無條件獲勝。

幸運寶物

平成27年的50元硬幣

購買商品的人

田村總一郎（65歲）

退休之後，每天都去住家附近的將棋道場找人下棋，在道場內遇到的小坂先生是他的眼中釘。

這次是兩款能夠影響比賽結果的商品進行對決，最後出現了諷刺的結果。

第7集

獵人奶油三明治

可以成為一流的獵人

濃醇香甜的奶油和鬆脆的餅乾讓人欲罷不能。

能夠馬上察覺獵物逃走的方向，並且輕鬆捕捉。

只要在腦海中想像自己要抓的獵物，就可以察覺那種動物的動靜。

食用方法・特色

具備超強的獵人能力，無論想找什麼獵物都能馬上發現。從採集昆蟲到探索祕境生物，這款商品都可以發揮威力，在戶外活動中大顯身手。

注意事項

雖然可以察覺獵物的動靜和逃走的方向，但在本身沒有意識到那些動物的情況下，可能會導致自己陷入危險。

幸運寶物

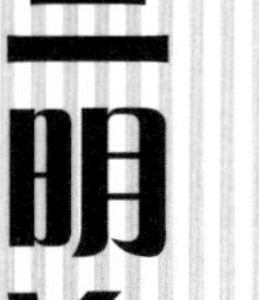

平成21年的100元硬幣

購買商品的人

長濱陽太（7歲）

熱愛採集昆蟲，經常去附近的森林公園，但他想抓的昆蟲被另外三個同學搶走了，讓他很不甘心。

比起倒霉堂的「貪婪紅豆泥」（P102），「獵人奶油三明治」更能培養靠自己爭取想要東西的能力。

第7集

想要地瓜乾

能夠明確說出自己內心的想法

你想吃蛋糕還是鯛魚燒？
都可以啊。

無法說出自己內心真正的想法。

你想吃蛋糕還是鯛魚燒？
我想吃鯛魚燒。

能夠自然的表達內心的想法。

想要地瓜乾

將地瓜切片後晒乾做成的零食，甜甜的滋味可以感受到陽光和溫暖。

食用方法・特色

金色的地瓜乾，越咬越有一種難以形容的甜味。吃完之後，能夠充分表達內心的想法。

注意事項

倒霉堂也有名為「無恥地瓜乾」的類似商品，吃了「無恥地瓜乾」之後，會整天想要這個、想要那個，影響人際關係。

購買商品的人

古瀨川理子（11歲）

個性內向，無法說出內心的想法，總是在事後感到後悔，常常為此悶悶不樂。

幸運寶物

10

平成28年的10元硬幣

那一次，在客人身上發揮的功效完全不像是錢天堂的商品，真是嚇了我一跳。

第8集

媽媽面具

可以代替自己完成所有的家事

面具的背面有使用說明。

絕對不會讓人看到做家事的情況。

無法心存感恩的人，在母親節這一天絕對不要使用。

食用方法・特色

只要讓別人（也可以用絨毛娃娃）戴上這個面具，當自己出門時，面具就會完成所有家事。

注意事項

母親節那一天會啟動無敵模式，無法對母親心存感恩的人，在這一天使用媽媽面具，反而會被迫做很多家事。

購買商品的人

丹原幸介（21歲）

獨自住在廉價公寓內的大學生，生病的時候覺得很不安，希望有人陪在自己身邊。

透過這款商品，我再次發現，很多年輕人都覺得媽媽做家事是理所當然的事。

幸運寶物

昭和47年的50元硬幣

第8集

不哭派

不想哭的時候可以忍住眼淚

派皮上用巧克力和草莓醬畫了一張臉，內餡是濃郁的卡士達醬。

包著派的保鮮膜背面，有說明書的貼紙。

只要告訴自己不能哭，眼淚就不會掉下來。

想哭的時候會流很多淚。

食用方法・特色

只要吃了這個派，在不想哭出來的時候，眼淚就不會流下來，可以成功忍住淚水。在可以哭的時候，會自然的流下眼淚。

注意事項

倒霉堂有種名叫「哭不出來派」的類似商品，吃了之後會完全哭不出來，會成為別人眼中冷漠的人。

購買商品的人

蘇我鐵志（10歲）

在班上個子最高，力氣也最大，但是情緒激動時，眼淚就會忍不住流下來。他很不喜歡這樣的自己。

幸運寶物

平成11年的500元硬幣

這款商品的效果也出了問題，但我已經猜到是誰在搞鬼了。

第8集

面具菠蘿麵包

只要吃了這款麵包，就可以自由自在做出各種表情

面具菠蘿麵包
白色的砂糖上，用巧克力豆畫了臉。
從不同的角度看，麵包上的表情會不斷改變。
吃了麵包，可以發揮各種表情演技！

食用方法・特色

吃了這款麵包，可以像換面具一樣自由自在的做出各種表情，需要演技的演員，最適合吃這款商品。

注意事項

製造過程被加了惡意精華，變成吃了以後無法展現笑容的「嘆氣面具菠蘿麵包」。

購買商品的人

明石綾子（33歲）

自尊心很強，不聽丈夫力也的意見，栽培兒子蘭丸成為偶像是她人生最大的目標。

這位客人為了自己的夢想，想讓兒子成為名人。

幸運寶物

1

昭和41年的1元硬幣

第8集 雙語女孩

會說外語的娃娃

用布和毛線做成的娃娃，只有手掌大小。只要別在衣服上或放在口袋裡，就能輕鬆和外國人聊天。

雙語女孩

快樂聊天無障礙，讓我們都成為雙語人！

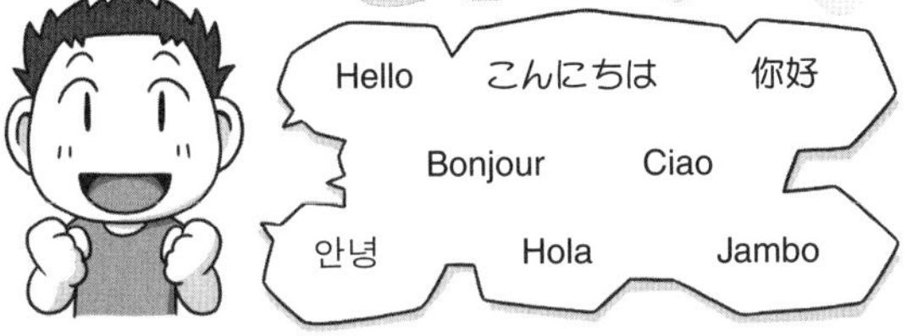
Hello こんにちは 你好
Bonjour Ciao
안녕 Hola Jambo

食用方法・特色

只要把這個娃娃帶在身上，就可以和外國人聊天，無論對方使用哪一國的語言，都可以用自己的母語和對方聊天。

注意事項

娃娃很小，很容易遺失，要格外小心。如果娃娃在聊天時掉落，就無法繼續聊下去，所以要隨時帶在身上。

購買商品的人

板倉了耶（6歲）

他想和讀同一個幼兒園的葡萄牙人——美娜當好朋友，卻因為語言不通而煩惱不已。

小孩子想說外語，可以不必仰賴錢天堂的商品，自己學習語言會更有幫助。

幸運寶物

五円

平成4年的5元硬幣

第8集

巫女罐

能預測未來的火柴盒大小金屬盒

銀色的小鐵盒，上面畫了月牙狀的勾玉和鏡子，盒底有說明書。

擁有巫女罐的人看起來閃閃發亮，可以吸引周圍的人。

只要把盒子放在口袋裡，鐵盒裡的巫女就會告知預言。

食用方法・特色

只要擁有巫女罐，就可以像巫女一樣了解未來，會像占卜師一樣受人崇拜，但不能預測遙遠的未來。

注意事項

之前野田早苗（P14）因為惹怒稻荷神而被封印在巫女罐內，所以要虛心聽從神旨。

森元理惠（17歲）

外形樸素，很不引人注意，但在開始玩塔羅牌之後，每一次占卜都算得很準，成為同學崇拜的對象。

巫女罐掉在地上之後，被封印在罐子裡的女孩終於重獲自由，回到了現實世界。

幸運寶物

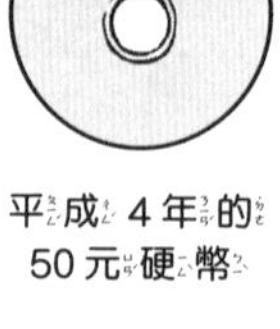

平成4年的50元硬幣

第9集

不會暈羊羹

從此不再暈車、暈機的羊羹

搭乘交通工具期間不能喝酒。

食用方法．特色

只要吃了這種羊羹，除了乘車、搭機不會暈以外，搭遊樂園的遊樂設施也保證不暈。即使在頭暈階段吃也有效。

注意事項

如果在乘車、搭機期間喝啤酒等酒類飲品，由於「不會暈羊羹」無法同時處理兩種「暈眩」，反而會讓人感到很不舒服。

米原百合子（21歲）

是個行動派，但乘車、搭機很容易頭暈，所以最大的煩惱就是無法享受旅行和參加各種活動的樂趣。

我搭新幹線時帶了五個車站便當上車，很對不起坐在我旁邊的這位小姐。

幸運寶物

?

紅子出門旅行時贈送的禮物

第9集 肩膀痠痛地藏饅頭

吃了這種饅頭的人摸一下溫泉，其他人泡溫泉時就能消除肩膀痠痛

吃了饅頭的人，只要摸一下溫泉，溫泉就有消除肩膀痠痛地藏菩薩的力量。

肩膀痠痛地藏菩薩出現在人的肩膀上，就會造成肩膀痠痛。

把掉在溫泉中的地藏菩薩撿走，放在陽光充足的地方曝曬，地藏菩薩就會越來越小。

食用方法・特色

吃了饅頭之後，就能看到造成肩膀痠痛的「肩膀痠痛地藏菩薩」，而且還具有消除這種地藏菩薩的能力。目前這種商品已經停產。

注意事項

如果不清理掉在溫泉內的「肩膀痠痛地藏菩薩」，當其他人泡澡時，地藏菩薩就會黏到那些泡澡的人身上。

佐伯順平（73歲）、**葵**（12歲）

經營溫泉旅館「莎草」的祖父和孫女。有越來越多客人說泡完澡肩膀痠痛反而更嚴重，所以爺孫兩人十分擔心旅館的未來。

很高興能遇見在好幾十年前購買錢天堂商品的順平先生。

幸運寶物

順平多年前向紅子購買

第9集

隱形貼紙

能把所有人都隱形，只拍到漂亮風景的貼紙

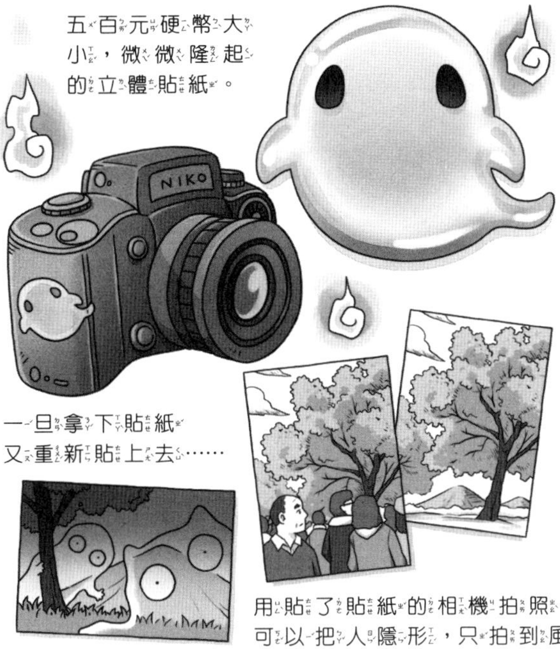

五百元硬幣大小，微微隆起的立體貼紙。

一旦拿下貼紙又重新貼上去……

用貼了貼紙的相機拍照，可以把人隱形，只拍到風景。

食用方法・特色

把妖怪形狀的半透明貼紙貼在相機上，就可以把人隱形，拍下雄偉而神祕的風景照。

注意事項

一旦撕下貼紙又重新貼上去，雖然還是不會拍到人，卻會拍到原本看不到的幽靈。

向井久司（26歲）

雖然工作能力不強，但是用自己心愛的相機拍照是他的興趣，也是他自信的來源。

這位客人為我拍了一張照片，所以我就把「隱形貼紙」當禮物送他，但他好像沒有妥善使用。

幸運寶物

?

紅子出門旅行時贈送的禮物

第9集

無底洞魷魚

即使吃飽了，還可以繼續吃

這種魷魚越嚼越鮮美。
無底洞魷魚
吃下的魷魚乾會在胃裡面變成「胃魷魚」，產生如無底洞般的食慾。

食用方法・特色

將整尾魷魚晒乾製成魷魚乾。只要吃了這種魷魚乾，就有持續不斷的食慾，即使已經吃飽，仍然可以開懷大吃。很適合美食家。

注意事項

如果吃的時候沒有充分咀嚼，「胃魷魚」就會在胃裡失控，變得一直暴飲暴食。只有錢天堂的商品能夠改善這種情況。

得到商品的人

松下英也（9歲）

任性的男孩，如果無法如願就會不高興，還會對別人發脾氣，是大家都討厭的類型。

這個壞心眼的孩子竟然敢威脅我，不過他似乎也遭到了報應。

幸運寶物

向出門旅行的紅子勒索而來

第9集

海鷗糖

可以變成海鷗在空中飛翔的糖果

味道香甜、清新，帶有海水的香氣。

吃了之後會變成海鷗，能夠自由的在天空飛翔。如果變成海鷗時太喜悅的話，就會無法變回人類。

食用方法・特色

像玻璃工藝品的藍色透明糖果，形狀是張開翅膀的海鷗。放進嘴裡一分鐘後，就會變成海鷗。

注意事項

「美人魚軟糖」（P6）、「狼饅頭」（P25）等商品，有的人吃了能夠再變回人類，但有的人卻無法再變回原狀，要特別小心。

田口五郎（52歲）

在三年前失去了心愛的太太，覺得生命失去了意義，於是靠去海邊釣魚的興趣解悶。

雖然他似乎又重新燃起了對生命的希望，但這也是這位客人的命運。

幸運寶物

擅自從紅子的行李箱中拿走

第9集

靈感豆沙苞

吃了之後靈感不斷、創意滿滿

甜味高雅的豆沙和果子，喝茶時可作為茶點食用。
創意滿滿、靈感不斷！
沒有配茶吃，就會滿腦子只有靈感，無法思考其他事。

食用方法・特色

含苞待放的花朵形狀和果子，靈感會像花朵綻放般不斷湧現。這款商品的效力很強。

注意事項

如果不配茶食用，就會滿腦子充滿創意，卻無法顧及其他事。一個人獨撐大局是很危險的事。

幸運寶物

?

多送一個大福給紅子的回禮

得到商品的人

皐月遙香（25歲）

家裡開和果子店，默默支持手藝高超的哥哥，但同行的甜點師傅大室偷走了哥哥的點子，讓她很生氣。

在一件事情上太過專注，往往容易無法顧及其他的事，必須格外小心。

第10集 晴天檸檬糖

只要吃一顆糖果，一整天都會是晴天

檸檬形狀的可愛糖果。清新的檸檬味道加上蜂蜜般柔和的甜味在舌尖上擴散。

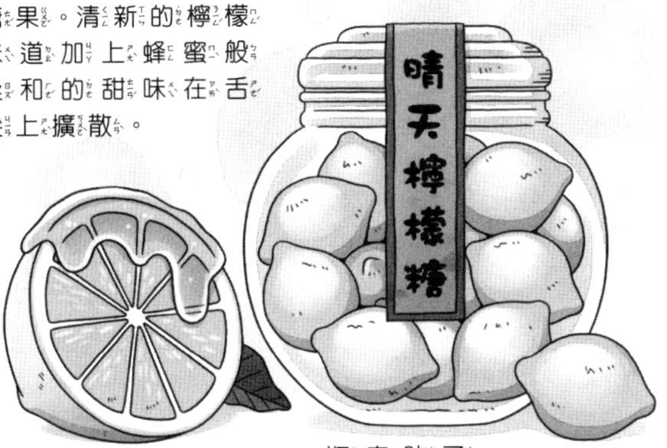

可以讓重要的日子放晴。

瓶底貼了貼紙。

食用方法・特色

加了太陽精華的糖果，生日、賞櫻或是婚禮等重要日子吃一顆，那一天整天都會放晴。

注意事項

不是真正值得慶賀的日子，天氣就不會放晴。如果不是喜慶的場合，反而會出現狂風暴雨，所以有時候還可以發揮占卜未來的效果。

購買商品的人

里村佳奈（25歲）

從小到大遇到重要的日子都會下雨，成為大家口中的「雨女」，她很想成為「晴女」。

天氣好的時候，心情也會很愉快，但有時候也需要雨水滋潤大地。

幸運寶物

平成9年的10元硬幣

第10集

順風耳軟糖

可以聽到別人說悄悄話的軟糖

順風耳軟糖
耳朵形狀的軟糖，紅色是櫻桃味，黃色是香蕉味，綠色是萊姆味。
只要將注意力集中在某一個地方，就可以聽到那裡傳來的竊竊私語。
即使捂住耳朵，也可以聽到別人說的壞話⋯

食用方法・特色

吃了裝在盒子裡的軟糖，別人說悄悄話的聲音，聽起來就像是正常說話的音量。想聽什麼都聽得到。

注意事項

吃了之後容易長耳屎，必須經常清耳朵。如果耳朵被耳屎堵住，順風耳的效果就會消失，再也無法恢復，所以要隨時保持耳朵清潔。

購買商品的人

山手智也（11歲）

班上的女生總是看著他說悄悄話，他很厭煩這件事，已經快超過忍耐的極限了。

很多事情還是不知道比較好，所以也不要太沉迷於社群網站。

幸運寶物

500

昭和58年的500元硬幣

第10集
回家蛙
即使迷路也可以回到想回去的地方

蘑菇形狀的吊飾，只要帶在身上，就可以自動回到想回去的地方。

有一隻綠色小青蛙躲在傘柄裡，每逢下雨的日子，青蛙就會出門玩耍。

食用方法・特色

可愛的蘑菇吊飾。只要想著想去的地方，躲在傘柄的青蛙就會帶你到達目的地。

注意事項

「回家蛙」只能帶你去以前去過的地方。下雨的時候青蛙會跑出去玩，吊飾就會失去效果。

日高桃子（9歲）

經常心不在焉，不喜歡團體活動，很容易迷路。討厭經常找自己麻煩的乃乃美。

從這位客人遇到的情況不難發現，在迷路的時候，可以看清楚同行者真實的模樣。

幸運寶物

昭和58年的100元硬幣

第10集

控制蛋糕卷

吃了蛋糕就能夠控制食慾

只要想著「不可以吃」，食慾馬上就消失了。

包裝紙背面用小字寫了注意事項。

無論味道和奶油香氣都是最棒的蛋糕卷。

食用方法・特色

盒裝蛋糕卷。可以消除「我想吃」的想法，抵抗美食的誘惑，飲食生活更健康。

注意事項

只能控制吃了蛋糕卷的人的食慾，如果想隨心所欲控制別人的食慾，自己的食慾就會失控。

大泉靜子（43歲）

嗜吃甜食卻因為體重持續增加而煩惱，最後靠「控制蛋糕卷」成功瘦身，不過女兒看到她的減肥成果，開始用激烈的方式減肥。

只要是為了女兒好，自己的事情可以先擺一邊。這一點全天下的母親都一樣。

幸運寶物

平成14年的1元硬幣

第10集 探險茶

可以進入奇幻世界的魔法茶

進入充滿夢想的奇幻世界！

探險茶
先喝一半再出發去探險，等到要回現實世界的時候，再喝完剩下的另一半。

食用方法・特色

讓人體驗興奮探險之旅的茶飲。不是去鬼屋這類驚悚的世界，而是前往充滿夢想的奇幻世界。

注意事項

只要喝半瓶就可以前往奇幻世界，喝完剩下的半瓶就可以回歸現實世界。如果一口氣喝完一整瓶，就會無法回到現實世界。

得到商品的人

市丸遼平（6歲）

熱愛探險遊戲的小男生，很想去繪本中有龍或是海盜船的世界。

幸運寶物

?

別人贈送

這款商品的特色，就是不會前往過於可怕的世界，所以給年紀小的孩子喝也沒問題。

第10集 時光倒轉米香酥

可以讓時光倒轉的米香酥

旋渦形狀，口感香脆的米香酥，微焦的醬油味很香。

回到過去之後，所有的記憶都會消失。

時光會倒轉，回到自己想要回去的時間點。

食用方法．特色

天藍色的和紙包著金褐色的米香酥，可以回到過去某個自己喜歡的時間點。在錢天堂的商品中，是力量特別強大的商品。

注意事項

從時光倒轉回去的時間點到目前為止的記憶都會消失，如果沒考慮清楚要回到哪一個時間點，過去的努力都會白費。

杉田健太（8歲）

媽媽離開後，他和外婆相依為命，之後曾暫居在錢天堂，等待母親來接他。

幸運寶物

昭和43年的5元硬幣

能夠改變時間的商品，在生產過程中都必須加入非常大的能量。

第11集

恐龍汽水

可以得知化石埋藏地點的汽水

刺激的口感讓汽水喝起來很美味。帶有清爽的麝香葡萄口味。
裝飾在瓶蓋上的恐龍頭下面有一個圈圈。
只要順著傳出鈴聲的方向尋找，就可以發現化石。

食用方法・特色

把裝飾在瓶蓋上的恐龍頭拆下來，放在口袋或是背包裡，就可以知道化石埋在哪裡。

注意事項

能靠著鈴鐺般的細小鈴聲找到化石，但這些化石都位於喝了汽水的人有辦法挖出來的深度，而且大小也是能自己帶回家的程度。

購買商品的人

市丸遼平（6歲）

喜歡探險的男生，之前喝過「探險茶」（P61）。想成為化石獵人，會在自家院子裡東挖西挖。

這個弟弟就是喝了「探險茶」的客人，看到他走進店裡我嚇了一跳。

幸運寶物

100

平成29年的100元硬幣

第11集 驅蟲香水

驅蟲效果可以持續一輩子的香水

強
弱
弱 萊姆的清新香氣
只要噴一下，跳蚤、蚊子、蜈蚣等害蟲就會遠離。
強 薄荷的清涼香氣
害蟲以外的昆蟲也會遠離，只對活的昆蟲有效。
驅蟲香水

食用方法・特色

分別裝在兩個玻璃瓶中的噴霧式香水，有效果「強」和「弱」兩種，可以根據討厭昆蟲的程度使用。

注意事項

一定要先使用「弱」的那瓶香水。「弱」香水只會驅除害蟲，「強」香水對害蟲以外的昆蟲也有效果。「最強」香水不是正規商品，使用時要特別注意。

購買商品的人

三鷹美鈴（22歲）

從小就非常討厭蟲子，連蝴蝶和蟬等昆蟲也不喜歡，發自內心希望這個世界上的昆蟲都滅絕。

雖然滅滅多管閒事，但這位客人比想像中更討厭蟲子，所以反而有好結果。

幸運寶物

500

平成30年的500元硬幣

第11集

吸一點口香糖

把別人的才華和能力稍微吸一點到自己身上

吸一點
口香糖

口香糖內有酸酸甜甜像是果醬的東西。

請你吃口香糖
你上次考試得了滿分
考得比平時好
考得比平時差

讓擁有自己想要能力的人吃紅色口香糖。

自己吃黃色口香糖，就可以把別人的能力吸一點到自己身上。

食用方法・特色

盒子裡有黃色和紅色口香糖各一個，只要讓擁有自己想要能力的人吃紅色口香糖，自己再吃黃色口香糖，就可以把對方的能力吸過來。

注意事項

盒子裡只有兩個口香糖，只能從一個人身上吸取自己想要的能力。倒霉堂的「全都要奶油餅乾」（P104）可以奪走很多人的才華。

購買商品的人

瀧宮翔（12歲）

討厭讀書所以成績很差，很擔心父母要他去參加補習班的加強夏令營。

幸運寶物

昭和54年的1元硬幣

倒霉堂的商品效果都很針對錢天堂，完全感受不到製作商品的宗旨。

第11集

急驚風麻糬

能讓人的個性變得稍微急躁一點

麻糬烤得剛剛好，海苔和醬油的香氣也相得益彰，Q彈的咬勁更是讓人欲罷不能。

紅子會當場烤麻糬。

能讓原本做事拖拖拉拉的人，變得稍微急躁一點，變得很有時間觀念。

食用方法・特色

紅子現場烤的「急驚風麻糬」，可以讓人變得守時、不再遲到，也能體會約定時間遲遲等不到對方的心情。

注意事項

倒霉堂的「慢郎中蘋果」（P104）是可以讓人個性變得慢吞吞的蘋果糖。這款零食是澱澱為了和錢天堂競爭而生產的商品，沒有添加惡意。

購買商品的人

佐野希美（14歲）

個性慢吞吞的，缺乏時間觀念。和朋友相約見面經常遲到，常被朋友抱怨。她的好朋友留美子和她剛好相反，個性很急躁。

這位客人的樂天性格和與生俱來的開朗，讓澱澱拿她沒辦法。

幸運寶物

平成10年的50元硬幣

第11集 如魚得水汽水

可以在擁擠的人群中穿梭自如

淡淡的甜味中添加了檸檬的清新風味。

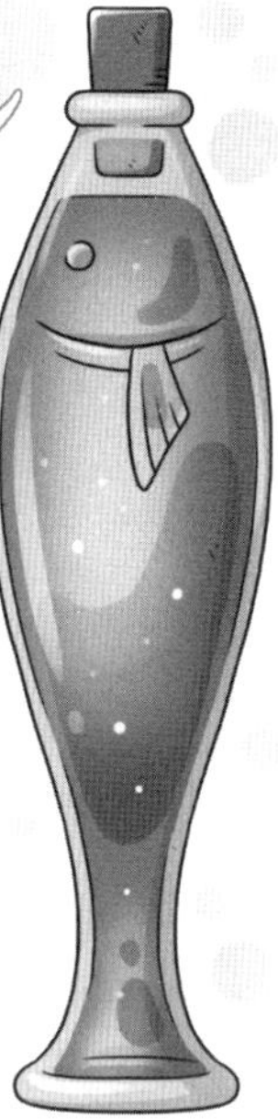

在擁擠的人群中，可以擺脫被人踩到腳或是被人撞到的煩惱，如魚得水的輕鬆穿越人潮。

食用方法・特色

即使個子矮小，也可以如魚得水的輕鬆穿越人群。倒霉堂的「一馬當先糖」（P104），效果是無論做什麼事都能一馬當先。

注意事項

雖然能輕鬆穿越人群抵達目的地，但無法改變排隊順序。「一馬當先糖」在上課時會第一個被老師點名回答問題，或是接下麻煩的工作。

百瀨彩音（9歲）

討厭人多的地方，因為個子矮小經常和父母走散變成迷路的小孩，很想要解決這個問題。

從這件事可以了解到「人的想法既可以為自己帶來幸福，也可能會造成不幸」。

幸運寶物

昭和39年的10元硬幣

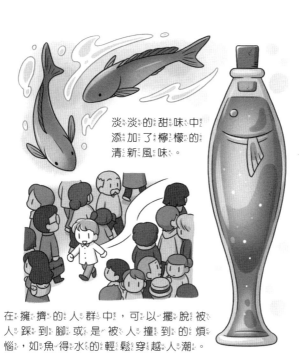

本書137頁

分身泡泡糖

為自己做一個分身，擁有自由的時間

捲起來的說明書內有一根銀色的針。
分身泡泡糖
分身泡
只要用念力想著：「我想變成這樣的人」，就可以讓分身具備自己想要的能力。
端正帥氣
是我耶，好猛！
我想變聰明！
出現分身後，自己的外形也會發生變化。

食用方法・特色

用分身泡泡糖製造分身代替自己的期間，自己的外形會發生變化。想要變回自己時，要用附贈的銀針刺破分身氣球。

注意事項

一次只能製造一個分身，要製造新的分身之前，要先消除舊的分身。要是一次製造兩個分身，就會失去之前的記憶。

購買商品的人

鳥山浩（12歲）

準備考國中的小六學生，自認為很優秀，但讀書的壓力太大，很想放鬆一下。

這款商品，是錢天堂在新地點做開店準備時所販賣出去的。

幸運寶物

100

平成20年的100元硬幣

第12集 駱駝輕鬆符

只要寫下想輕鬆完成的事，心願就可以實現

我想在八月的
網球比賽獲勝

駱駝
輕鬆符
錢天堂

只要把想輕鬆完成的事寫在背面，心願就可以實現。

但是！
雖然八月的比賽可以輕鬆獲勝，這個月卻不輕鬆。

心願要想清楚再寫。

食用方法・特色

大小跟手掌差不多的長方形符紙，只要把想要輕鬆做、輕鬆完成的事寫下來，心願就會實現。是最適合懶人的符。

注意事項

如果有想要重複實現的願望，最好不要列出太詳細的條件。要是有指定日期，等條件改變願望就會無法實現。

購買商品的人

吉井大地（15歲）

國中三年級的考生，原本就不喜歡讀書，個性又很懶散，所以整天讀書為考試做準備讓他充滿壓力。

幸運寶物

100

昭和50年的100元硬幣

經常有客人會犯下這種錯誤，有時候太過小心會成為雙面刃。

第12集

鸚鵡幣

吃了這種金幣巧克力，就能像鸚鵡一樣擅長模仿

帶有堅果香氣的巧克力，
有好幾種複雜的味道
融合在一起。
在拆開金色包裝紙之前，
記得先看清楚
金幣背面的注意事項。

絕對不能模仿
蛇的聲音。

成為模仿高手！

食用方法・特色

用金色包裝紙包起來的金幣巧克力。吃了就能像鸚鵡一樣，不僅可以模仿人，就連動物都能模仿得唯妙唯肖。

注意事項

如果模仿鸚鵡的天敵——蛇，模仿能力就會消失，聲音也會改變，只能發出像是機器人的聲音。

購買商品的人

大野藍花（11歲）

喜歡搞笑節目和綜藝節目，夢想有朝一日能夠上電視，經常一個人努力寫搞笑段子。

在「順暢蘇打水」的故事中也提到，有時候稍微轉念，就可以讓負面的事情變成自己的助力。

幸運寶物

昭和29年的
10元硬幣

第12集

老家最中餅

把父母的老家變成被大自然環繞的鄉下

外皮鬆脆，紅豆餡的甜度適中，而且內餡還有一塊小麻糬。

分成兩半再食用，就可以生活在充滿大自然的地方。

如果不分成兩半直接吃，就可以把爺爺、奶奶和外公、外婆的家變成遙遠的鄉下。

食用方法・特色

把最中餅分成兩半再吃，就可以生活在充滿大自然的地方。如果直接吃，就會把父母的老家都變成充滿大自然的鄉下。

注意事項

萬一吃的方法錯誤，只要撕破包裝紙，效果就會消失。必須充分考慮再選擇適當的食用方式。

西門紗耶（5歲）

生活在都市的女生。看到其他同學每逢假日都會回爸爸、媽媽位在鄉下的「老家」，就會羨慕得不得了。

對小孩子來說，父母的老家在哪裡，真的是一個重要問題。

幸運寶物

昭和51年的5元硬幣

第12集 福爾摩斯豆

能像名偵探一樣，發現隱藏事物的炒豆子

錢天堂
福爾摩斯豆
只要循著香氣，就能找到遍尋不著的東西和隱藏的祕密。
如果希望發揮恰到好處的效果，請在吃之前說三次「華生」。

加了香噴噴辛香料的五色炒豆子，紙袋底部寫了注意事項。

食用方法・特色

循著辛香料的香氣，就可以像夏洛克・福爾摩斯一樣，找到遍尋不著的東西和隱藏的祕密。

注意事項

有時候可能會知道不必知道的祕密。為了避免這種情況，在吃豆子之前說三次「華生」，就可以發揮恰到好處的效果。

購買商品的人

古石猛（48歲）

二十二歲的時候沒有正職工作，靠打工過活。因為「福爾摩斯豆」，和當時的女朋友分手。

這位客人不僅靠這款商品找到了自己的工作，甚至還找到了結婚對象，實在是太聰明了。

幸運寶物

平成2年的1元硬幣

第12集 同好饅頭

讓人找到有相同興趣的人的饅頭

同好饅頭

淺棕色外皮的正中央畫了一朵紅花，裡面的芝麻餡風味十足。

紅子從盒子裡拿出一個同好饅頭，用紙包了起來。

我才不做點心
啊，隔壁班的同學！
最愛做點心

只要看到頭上有紅花符號，就代表對方和你有相同興趣。

食用方法・特色

包了芝麻餡的饅頭。只要吃下同好饅頭，遇到和自己有相同興趣的人，對方頭上就會出現閃閃發亮的紅花符號。

注意事項

向對方確認是否和自己有相同興趣時，必須顧及對方的情況，謹慎挑選適合的時機。

購買商品的人

溝口昂（12歲）

受爺爺影響而愛上種植盆栽的小學生。他不敢把興趣告訴其他同學，而是偷偷尋找和自己有相同愛好的人。

從小學就喜歡盆栽的朋友，應該可以成為一輩子的同好，這真是太好了。

幸運寶物

500

平成30年的500元硬幣

第12集

親近堅果

讓小孩和動物都願意親近的心形堅果

裹著砂糖的粉紅色心形堅果，其中有一顆很大的紅色堅果，味道是香氣十足的杏仁味。

食用方法・特色

自己先吃紅色的心形堅果，再讓想親近的對象吃一顆粉紅色堅果。親近堅果只對幼兒和動物有效。

注意事項

如果吃了紅色堅果又吃粉紅色堅果，零食的效果就會消失。在黑暗中很容易搞錯，要小心。

購買商品的人

鳴谷美湖（11歲）

很喜歡小孩，以後想當幼兒園老師，但是小孩都不願意親近她，成為她很大的煩惱。

這位客人的經驗可以成為很大的力量，有助於她日後成為出色的幼兒園老師。

幸運寶物

昭和60年的50元硬幣

第13集

熱帶燒

可以在家中庭院種出熱帶水果的鯛魚燒

播下種子。
隔天就能結出果實。
一年四季都會結果。
外皮滋潤Q彈，就像麻糬一樣，裡面是又甜又濃郁的果醬。
熱帶燒
從頭開始吃，晚上只有庭院是熱帶的溫度。
從尾巴開始吃，晚上連房間也會變成熱帶。

食用方法．特色

加了果醬內餡的鯛魚燒，吃了這款零食的人，具有把空間變成熱帶森林的能力，只要把熱帶水果的種子埋在庭院裡，隔天就可以吃到熱帶水果。

注意事項

雖然一年四季都可以結出熱帶水果，但如果不是先吃鯛魚燒的頭，一到晚上整個家都會變成熱帶，即使是冬天也需要開冷氣。

購買商品的人

東山香步（5歲）

去沖繩旅行之後，愛上了芒果這類熱帶水果，希望每天都可以吃到。

幸運寶物

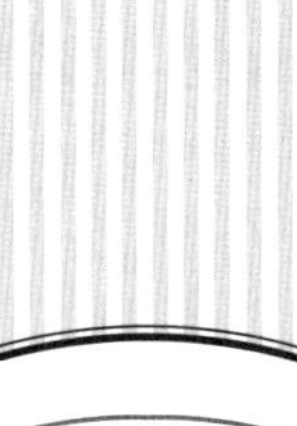

昭和62年的1元硬幣

好吃的東西當然希望每天都能吃到，但是要記得，當令的食物也有益健康。

第**13**集

獨家新聞可麗餅

吃了就能找到獨家新聞的可麗餅

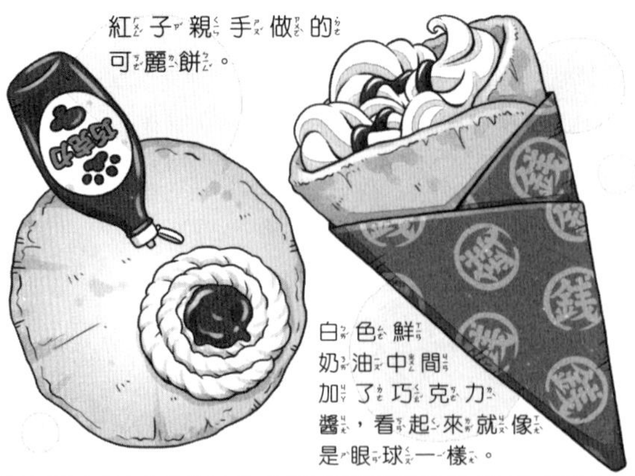
紅子親手做的可麗餅。
白色鮮奶油中間加了巧克力醬，看起來就像是眼球一樣。

發現獨家新聞！
SCOOP
快報

只要吃了可麗餅，馬上就能發現獨家新聞。發生事件的地方會發出嗶嘟、嗶嘟的聲音，聲音越響亮，就表示要發生驚人的獨家新聞了。

食用方法・特色

紅子用煎鍋親手製作的可麗餅。循著奇妙聲音傳來的方向，就能找到絕對是大獨家的新聞。

注意事項

根據聲音的大小，可以知道獨家新聞的驚人程度，如果沒有相應的裝備和心理準備，很有可能會遭遇危險，甚至會失去性命。

購買商品的人

神原一郎（11歲）

成為班報委員後，拿著相機四處尋找獨家新聞，想寫出比其他班級更有趣的報導。

這位客人在千鈞一髮之際得救了，很好奇他以後會做什麼工作。

幸運寶物

100

平成30年的100元硬幣

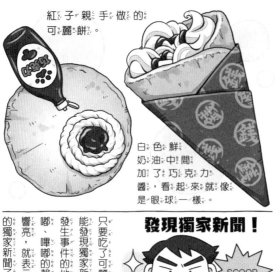

第13集 合身花生

能搭配出最理想的時尚造型

適合自己的衣服會發亮。
合身花生
濃郁的花生香氣令人驚豔。
只要把兩顆花生都吃下去，就能打造出一身完美造型！

食用方法・特色

袋子裡裝了帶殼花生。去買衣服時，只有完全適合自己的衣服會發出金棕色的光芒。

注意事項

要把兩顆花生都吃完，如果只吃一顆，就會只看到上半身或下半身的衣服發光，搭配出奇怪的造型。

幸運寶物

500

平成2年的500元硬幣

購買商品的人

小田陽司（21歲）

缺乏挑選衣服的品味，很不喜歡買衣服。每次走進服裝店都很緊張，而且買衣服的經驗都很不愉快，所以不敢踏進服裝店。

得知有人因為不知道怎麼挑選衣服而煩惱，所以想到了這款商品。

第13集

嘻哈爆紅花

讓人變成跳舞高手的爆米花

有淡淡的鹹味和濃濃的奶油味。
嘻哈爆紅花
用微波爐加熱後，撕開蓋子即可食用。
HipHop
HI!
聽到音樂，手腳就會情不自禁的開始跳舞！
Let's Dance

食用方法・特色

用微波爐加熱後即可食用，紅子可以在店內為客人加熱。吃了爆米花，會感覺音樂貫穿身體，立刻成為嘻哈舞高手。

注意事項

除了嘻哈舞，還想學會其他種舞蹈的話，只能先吃一半的爆米花，等一個小時之後再吃剩下的另一半，這樣要跳華爾滋或國標舞也沒問題。

購買商品的人

猿渡環（9歲）

體型微胖，討厭運動，因為缺乏節奏感，上跳舞課時總是出洋相。

幸運寶物

五円

昭和45年的5元硬幣

我一直以為「嘻哈舞」的名稱叫做「快樂無限舞」。

第13集

搶先看眼鏡

可以搶先閱讀還沒上市的漫畫

可以看到目前還沒發表的未來劇情。
搶先看眼鏡
我已經看過了，根本不想買。
未完待續，請看下一期
要繼續看嗎？

用「搶先看眼鏡」看完內容的書，要是沒買，就會受到上天的懲罰！

只能看一次後續的故事。

食用方法・特色

塑膠玩具眼鏡。只要戴上這副眼鏡，就可以看到還沒有刊登在漫畫雜誌上的後續劇情，而且能一口氣看到結局。

注意事項

用「搶先看眼鏡」看到後續內容之後，如果在書籍出版時沒有購買，就會成為人們眼中的壞人，大家都不想理睬，最後遭到孤立。

購買商品的人

曾田龍介（13歲）

熱愛漫畫的國中生，很喜歡在《青春世代》雜誌上連載的《黃昏王》，很想看後續的劇情。

看小說或漫畫的時候，希望大家能花錢購買，支持作者的創作。

幸運寶物

50

平成5年的50元硬幣

第13集

識人儀

一眼就可以了解對方和自己是否合得來的手錶型儀器

遇到想要鑑定的人，只要悄悄把「識人儀」對準對方就行了。

指針在－和＋之間晃動，應該是代表普普通通的意思。
識人儀

有了識人儀，馬上就能知道對方是對自己有幫助還是有負面影響的人。

朋友是－，我們明明很要好……
媽媽的辨識結果是＋

食用方法・特色

把識人儀對準想要鑑定的人，如果指針指向＋，就代表彼此合得來；如果指向－，就代表合不來。即使是相同的對象，過一段時間，結果也可能會改變。

注意事項

當自己的感覺和鑑定結果不同時，內心會產生疑惑，這時相信識人儀的結果很重要。

購買商品的人

關瀨夏夢（8歲）

小學三年級學生。新學期剛開學，很好奇班上有沒有可以和自己成為好朋友的同學。

有生之年，能遇到一位識人儀的指針到死都指向＋的朋友，是人生莫大的幸福。

幸運寶物

昭和50年的10元硬幣

第14集

萬人迷麻糬

吃了之後，桃花就會旺旺來的麻糬

麻糬內包著覆盆子醬和鮮奶油。

對別人態度惡劣幾次，就會被喜歡的人拒絕幾次。

食用方法・特色

心形的粉紅色麻糬。這款商品和能改變外表的「帥哥面具」（P33）不同，是以原來的長相受到異性喜歡，成為萬人迷。

注意事項

兼具品格和溫柔的人，才能維持桃花運。如果缺乏品格，待人冷淡，就會被自己真心喜歡的人討厭。

購買商品的人

尾谷龍介（11歲）

滿腦子只想要成為萬人迷，很想體會被女生追捧的感覺，哪怕只有一次也好。

幸運寶物

昭和50年的50元硬幣

千萬不要忘記，一個人受不受歡迎和心態有很大的關係。

第14集

嗆辣櫻桃

再辣的食物也覺得美味可口

瓶底的貼紙寫著說明書。

越辣越好吃，可以面不改色的吃一整根尖椒。

食用方法・特色

嗆辣的櫻桃浸泡在超甜的糖漿中，吃了之後就會愛上辣椒和芥末等辛香料，再辣的食物也覺得美味可口。

注意事項

如果一天吃相當於十根尖椒的辛辣食物，屁股就會噴火，讓人痛不欲生，尤其是小孩更要特別注意。

幸運寶物

平成20年的10元硬幣

購買商品的人

入間幸二（7歲）

不敢吃辛辣的食物，每次都被哥哥嘲笑。他不服輸，很想在哥哥面前爭一口氣。

聽說喜歡吃辣的人富有旺盛的挑戰精神，不知道這位客人是不是也屬於這種類型。

第14集

送禮扇

送禮送到對方心坎裡的扇子

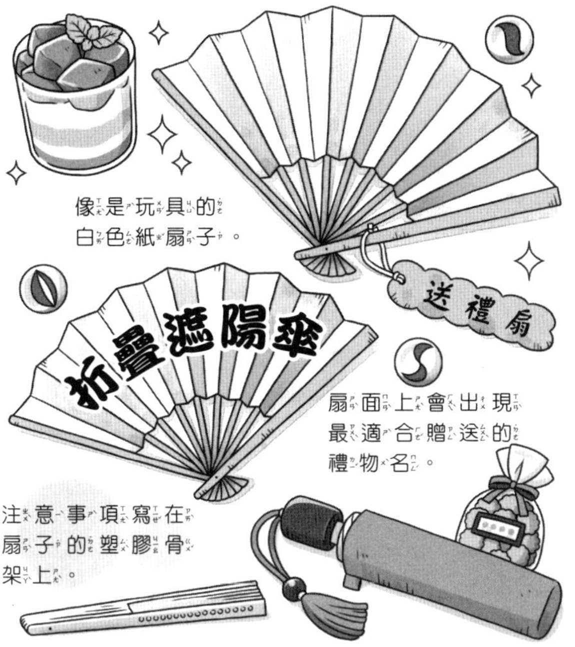
像是玩具的白色紙扇子。
送禮扇
折疊遮陽傘
扇面上會出現最適合贈送的禮物名。
注意事項寫在扇子的塑膠骨架上。

食用方法．特色

只要想著對方，然後打開扇子搧幾下，扇面上就會浮現最適合對方的禮物。

注意事項

扇子只能在夏天使用，如果在其他季節使用送禮扇，扇面上就會浮現完全不適合對方的禮物，要格外注意。

購買商品的人

小湊俊子（58歲）

很喜歡送別人禮物，卻不知道該怎麼挑選的家庭主婦。每到中元節和歲末送禮的季節，就會為該挑選什麼禮物煩惱。

紅子我也很愛扇子，扇子是夏季的風情詩，錢天堂也有只能在特定季節使用的商品。

幸運寶物
100

平成3年的100元硬幣

第14集

時間萊姆片

可以讓時間加快或變慢的商品

萊姆的清新香氣和酸酸甜甜的味道在嘴裡綻放。做成時針和分針的巧克力，帶有淡淡的苦味。

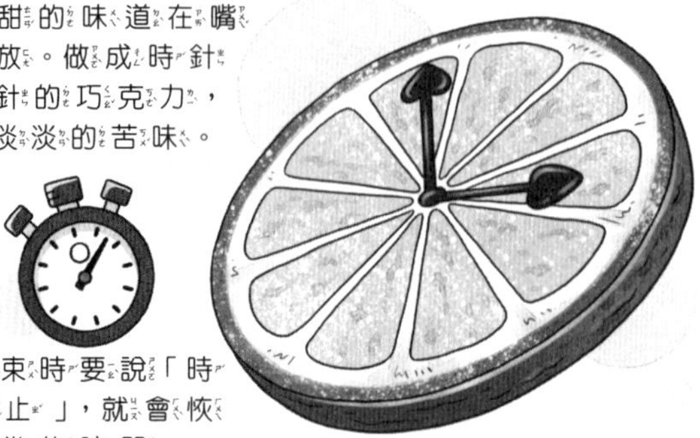

在結束時要說「時間停止」，就會恢復正常的時間。

終於結束了。
可以看很多書。

只要唸「時間快轉」，時間就會過得很快。

只要唸「時間加倍」，時間就會過得很慢。

食用方法・特色

唸一次「時間加倍」，時間比平時多一倍。唸一次「時間快轉」，時間會過得很快。

注意事項

想要恢復正常時間的時候，要說「時間停止」，否則會陷入時間延遲，打亂自己的時間，而且這種情況會持續一整天。

購買商品的人

糸井華鈴（12歲）

每天忙著上學和學才藝的六年級學生，希望有時間玩遊戲、看漫畫，享受悠閒的時光。

小時候都想要「時間快轉」，長大成人之後就很想要「時間加倍」。

幸運寶物

500

平成31年的500元硬幣

第14集

鮮鮮乳酪蛋糕

讓人了解古董價值的乳酪蛋糕

鮮鮮
乳酪蛋糕
乳酪豐富的香氣和恰到好處的甜味簡直就是極品，吃在嘴裡就像蠶絲般軟嫩滑順。
如果不用附贈的湯匙食用，吃生食就會拉肚子。
有價值的東西會發光。

食用方法・特色

吃了這款乳酪蛋糕，看到有價值的稀有古董就會發光。光芒越強烈，古董就越珍貴。

注意事項

乳酪蛋糕的杯底說明書上有寫，如果不用附贈的湯匙吃，以後吃生食就會拉肚子。

購買商品的人

甘粕仙司（66歲）

自從發現隨手買的盤子是很有名的陶瓷之後，他就愛上了古董，即使被太太罵也仍然熱衷蒐集。

這款蛋糕的「鮮鮮」，除了代表「鮮少」，也有「生鮮」的意思，是只有在日本上市的特別商品。

幸運寶物

昭和61年的1元硬幣

第14集

炫耀餅乾

讓人受到矚目、受人羨慕的餅乾

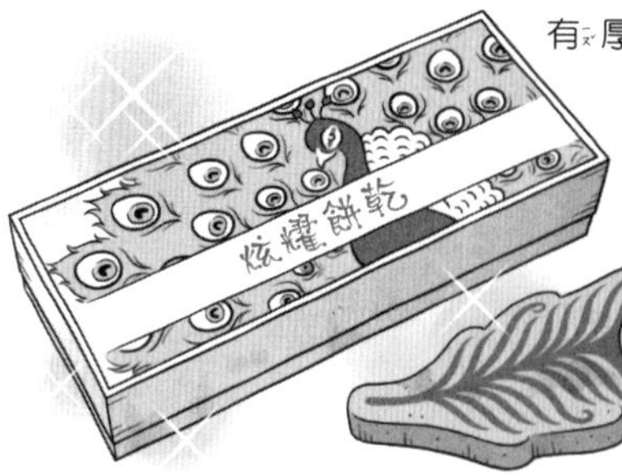

有厚度的餅乾，帶有辛辣的香氣，用糖霜點綴出鮮豔的顏色。

當自己說出「羨慕」這兩個字時，就會看到別人的嫉妒心。

受到大家的矚目，受人羨慕。

食用方法・特色

孔雀羽毛形狀的餅乾，吃了之後會被周遭人們羨慕，沉浸在優越感中。適合虛榮心強的人。

注意事項

吃了餅乾如果對別人說「羨慕」，就會看到周遭人們可怕的嫉妒心。

購買商品的人

園田美沙子（33歲）

個性高傲，自尊心強，看到受其他媽媽喜愛的千春很不爽，希望千春能夠羨慕自己。

幸運寶物

昭和60年的5元硬幣

在人類的感情中，羨慕和嫉妒是很棘手的情緒。

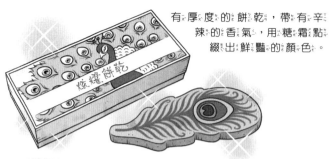

第14集

置之不理蛋糕

讓內心擺脫羨慕和嫉妒的厚鬆餅

盒子裡裝了鬆餅粉、奶油和楓糖。

不再介意別人，
心情變得很輕鬆。

食用方法・特色

在微波爐內加熱三分鐘，再加上奶油就完成了。可以消除內心醜陋的想法，讓心情變開朗，煩惱也會消失。

注意事項

要遵守用微波爐加熱的時間，並且趁熱享用，否則就會變成對任何事都不在意、懶散的人。

神田川愛梨（5歲）

美沙子（P86）討厭對象──千春的女兒，她很愛媽媽，看到媽媽整天悶悶不樂，於是向紅子購買了這款商品。

「置之不理」就能「不在意」，不在意別人是最理想的生活方式。

幸運寶物

昭和57年的
500元硬幣

第2集 消消口香糖

商品說明

清新的薄荷味，可以消除過去發生的不愉快。

食用方法・ 注意事項

在嚼口香糖時，想著想要消除的事。如果有太多雜念，記憶就會消除得不完整。

第2集 英雄刑警布丁

商品說明

豪邁的大布丁，最適合想成為正義使者、懲罰壞人的人食用。

食用方法・ 注意事項

具有不放過任何邪惡事物的能力，但如果自己做了壞事，就會立刻引發巨大的災難。

第3集 輪流角色扮演花林糖

商品說明

昨天當弟弟，今天當媽媽……這種花林糖，可以讓家庭成員每天扮演不同角色。

食用方法・ 注意事項

無法預測輪流的方式，所以無法滿足客人指定「今天想要當爸爸」的心願。

第3集 逆襲薑汁汽水

商品說明

會冒出像火焰般鮮紅色氣泡的金色飲料，可以向痛恨的對象報仇。

食用方法・ 注意事項

因為是充滿憎恨的商品，所以很危險。在內心的仇恨消失之前，對方會持續發生各種災難。

第6集 天下無敵甜甜圈

商品說明

吃了這款甜甜圈，可以讓人充滿自信，言談舉止都胸有成竹。很適合膽小的人。

食用方法・注意事項

如果過度自信，變得態度傲慢、目中無人，效果就會消失。不要忘記保持謙虛。

第6集 多如牛毛文字燒

商品說明

無論男女老少，只要吃了這款文字燒，就會長出很多頭髮。

食用方法・注意事項

效果顯著，即使是吃了「長髮公主椒鹽捲餅」（P40），用完一輩子頭髮的人，也能重新長出頭髮。

第7集 輕輕鬆鬆落雁糕

商品說明

吃了這款桃子口味的落雁糕，人生就會很愉快，人際關係也會變輕鬆。

食用方法・注意事項

一定要配茶食用，否則會變得過度輕鬆，即使在需要認真的時候也不當一回事。

第7集 團結堅果

商品說明

像項鍊一樣串在一起的堅果，和夥伴一起吃，就可以團結一心。

食用方法・注意事項

如果團結力太強，可能會導致彼此束縛，不適合重視私人時間的人。

第8集 誠實肉桂糖

商品說明

可以誠實面對自己內心的肉桂糖，很適合內心封閉的人。

食用方法・ 注意事項

因為會誠實面對自己內心，所以無法再假笑。想當演員的人最好別吃。

第8集 演什麼像什麼葛切涼粉

商品說明

可以演什麼像什麼的商品，很適合想要當演員的人。

食用方法・ 注意事項

吃的時候一定要好好品嚐，如果因為很好入口就狼吞虎嚥，表演就會變得很膚淺。

第9集 聯絡落雁

商品說明

有兩塊鳥形落雁糕，吃了之後，一定能夠聯絡到特定的對象。

食用方法・ 注意事項

想著自己想要聯絡的人，吃掉其中一塊落雁糕，另一塊就會飛去對方那裡，傳達你想要對對方說的話。

第9集 珠寶果凍

商品說明

像寶石一樣美麗的果凍。吃了之後，寶石相關的品味會提高，變得出類拔萃。

食用方法・ 注意事項

如果只注意到寶石的璀璨，內心就會失去餘裕，為某一件事煩惱不已。

商品卡

午睡汽水糖

商品說明

吃一顆就可以熟睡三十分鐘，不會像藥物一樣有副作用。

食用方法・ 注意事項

如果喝了咖啡再吃「午睡汽水糖」，就會連續一個月做惡夢，要小心。

商品卡

好心情蜂蜜

商品說明

入口即化的香甜蜂蜜，能讓情侶和朋友不再生氣，很適合用在重修舊好的情況。

食用方法・ 注意事項

在對方生氣時，讓對方吃一匙。效果只有一次，不要一直因為相同的原因惹怒對方。

商品卡

贈品甜酒

商品說明

無論買什麼商品，都能夠拿到贈品的「無酒精甜酒」。

食用方法・ 注意事項

絕對不要對贈品斤斤計較，否則只會拿到價值高昂，自己卻不想要的贈品。

商品卡

衣架子米香

商品說明

無論穿再奇特的衣服，都像模特兒般時尚有型，美麗動人。

食用方法・ 注意事項

和「合身花生」（P77）不同，有時候可能會買到尺寸不合或自己不喜歡的衣服，但都能夠穿出品味。

3月3日

招財貓為主人打扮成女兒節的人偶喵。

我扮成天皇，主人很開心喵。

以惡意作為代價！

倒霉堂

紅子的競爭對手？

澱澱的世界。

倒霉堂是怎樣的地方?

內心充滿憎恨和嫉妒的人，可以在這裡買到適合的商品，代價是用客人「累積的惡意」來交換。

店內

店面差不多一坪多，有一個黑色吧檯，還有一張高腳椅。

商品

澱澱用不幸蟲製作各種零食，雖然這些零食很好吃，但吃了之後會感覺不舒服。

廚房

店面後方有一個老舊的廚房，澱澱都在這裡製作零食。

倒霉堂

第7集

主廚巧克力

可以成為最棒的廚師，用料理擄獲人心

用巧克力做成的惡魔，廚師帽和圍裙是白巧克力，眼睛是紅糖球。

食用方法・特色

惡魔形狀的巧克力，吃了之後可以借助美食惡魔的力量成為主廚，做出的料理美味可口，能讓吃的人服從聽話。

注意事項

根據性格，有些吃下巧克力的人可能會變成暴君。吃了主廚做的料理可能會上癮，變得唯命是從，要特別小心。

購買商品的人

浦安朱里（12歲）

媽媽的性格很差，硬逼著她和弟弟吃難吃的料理，她和弟弟很想擺脫這些形同折磨的食物。

我想向這位客人推薦其他商品，但她完全不理會。

幸運寶物

昭和40年的5元硬幣

倒霉堂

第7集

款待梨

讓人變得擅長接待客人

外形像在鞠躬的水果，
外皮是淡淡的嫩綠色，
果肉柔軟，
果汁豐富。

吃完果肉的果核是
髒兮兮的顏色。

哎喲
你的帽子好漂亮，
我來為你拿皮包。
哇，她的帽子好土，我才不想幫她拿皮包。
笑容滿面
笑容滿面

無論心裡想什麼，
都能夠款待客人，讓客人高興。

食用方法・特色

很像西洋梨的葫蘆狀水果，吃了就會變得很親切，也會自動款待客人，很適合冷冰冰的人。

注意事項

會不顧自己的意願，做出滿足對方要求的態度，有時候可能會導致自己後悔。

購買商品的人

外山辰雄（25歲）

計程車司機。開車技術很好，但很討厭和客人打交道。他向來以自我為中心，而且完全不想改正。

這個年輕人後來沒有挑選錢天堂的「輕輕鬆鬆落雁糕」（P89），而是選擇了倒霉堂的商品。

幸運寶物

10

昭和51年的
10元硬幣

倒霉堂

第7集

餓鬼肉桂糖

對勝利感到飢渴，無論如何都想獲勝

為了獲得勝利，任何艱苦的練習都可以克服。

眼中只有勝利，隊友無法團結。

骨頭形狀的白色糖果，有淡淡的苦味。

食用方法・特色

除了購買者本人，還可以和其他人分享。類似的競爭商品有「團結堅果」（P89）和「君王麵」（P103）。

注意事項

滿腦子只想著贏，忽略隊友之間的團結，缺乏同理心，會對團體比賽產生影響。

得到商品的人

黑岩柚華（15歲）

排球社的隊長，為了激發其他隊友的鬥志，去倒霉堂買了商品，之後為此感到後悔。

這位客人沒被錢天堂的「團結堅果」和倒霉堂的「君王麵」打動，很有骨氣。

幸運寶物

從澱澱手中得到

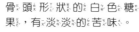

倒霉堂

第8集

三隻手蘋果

危險的深紅色蘋果，讓人成為偷竊高手

外皮是接近黑色的深紅色，果汁飽滿，像蜂蜜一樣甜。

貴重物品會發出藍黑色的光芒，可以心想事成、輕鬆得手。

錢天堂的商品會發出紅色光芒。

食用方法・特色

吃了這款蘋果，就可以看到貴重物品發出的光芒。如果想要這樣東西，就能像神偷一樣輕易得手。

注意事項

和「怪盜螺螺麵包」（P12）一樣，如果使用這種能力胡作非為，很可能會被特定的警方人員逮捕。

幸運寶物

澱澱送的

更科美咲（17歲）

從小一起長大的好朋友理惠（P50）開始玩塔羅牌後，成為了學校的風雲人物，讓她心生嫉妒。

購買「英雄刑警布丁」（P88）的三河刑警真是一名好警察。

倒霉堂

第11集

絶交魷魚乾

可以拆散情侶的魷魚乾

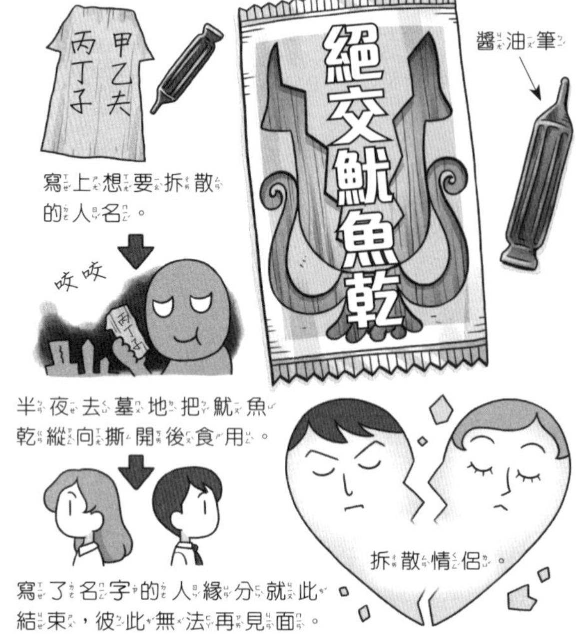
甲乙夫
丙丁子
醬油筆
絶交魷魚乾
寫上想要拆散的人名。
咬咬
半夜去墓地把魷魚乾縱向撕開後食用。
拆散情侶。
寫了名字的人緣分就此結束，彼此無法再見面。

食用方法·特色

最適合嫉妒恩愛情侶的人。用醬油筆在魷魚乾上寫情侶的名字，然後對半撕開，那對情侶就會分手。這是倒霉堂的當紅商品。

注意事項

紅子證實，不光是情侶，只要把想斷絕關係的人和自己的名字寫在上面，也有相同效果。

得到商品的人

鈴木雅人（28歲）

任職的公司倒閉，做任何事情都不順利，感到很孤獨，所以嫉妒以前的同事健司（P26）。

回想當時的情況就會發現澱澱是咎由自取，她做出這款商品，才會導致這樣的結果。

幸運寶物

從澱澱手中得到

第7集 不敗杏桃乾

參加任何比賽都不會輸的水果乾，是「笑到最後麩果」（P43）的競爭商品。

杏桃乾大約是五百元硬幣的大小。

用昭和59年的1元硬幣購買。

食用方法・特色

無籽的杏桃水果乾，味道香甜，吃了之後無論參加任何比賽都不會輸。每人只能吃一個。

注意事項

對於想要享受比賽刺激感的人來說，這款商品無聊到極點，因為即使不努力，也一定能夠獲勝。

第3集 稻草人形燒

商品說明

很像稻草人的人形燒，可以用來詛咒自己討厭的對象。

食用方法・注意事項

對方有可能會反彈詛咒。遇到這種情況，反而是自己會被詛咒，造成悲慘的結果。

第4集 作弊炸麻糬

商品說明

越作弊，考試的成績就越好，簡直是豈有此理的炸麻糬。

食用方法・注意事項

雖然考試的分數很高，但不代表變得會讀書。一旦因為吃了炸麻糬而後悔，就會付出代價。

第4集 蛀牙霞餅

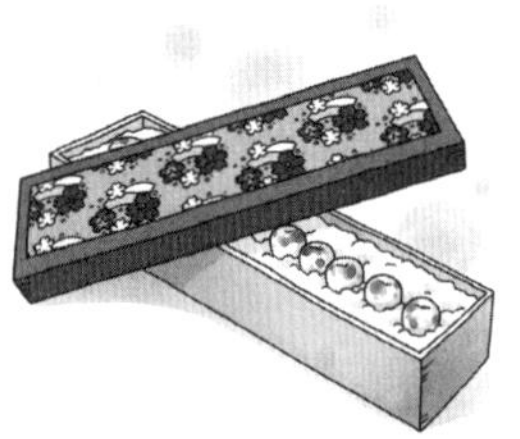

商品說明

牙齒造型的霞餅，上面有黑點，給別人吃了之後，蛀牙就會跑到對方的牙齒上。

食用方法・注意事項

如果當成禮物送給別人，將會遭遇可怕的事。只能為自己而吃。

第4集 睡不著仙貝

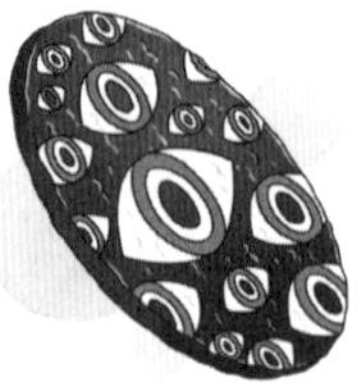

商品說明

有眼睛圖案的奇怪商品，吃了之後可以一直不睡覺。

食用方法・注意事項

可以一直不睡覺，就代表一直睡不著。喜歡睡覺的人絕對不要吃。

第7集 貪婪紅豆泥

商品說明

魚形狀的豆沙和果子，無論想要什麼都可以得到。

食用方法・注意事項

雖然想要什麼就能得到什麼，但內心無法得到滿足。想要的東西越多，就會對自己的貪婪感到厭煩。

第4集 素描紅豆湯

商品說明

紅豆湯內有鉛筆形狀的麻糬，吃了素描能力就會大增。

食用方法・注意事項

能偷走其他人的繪畫才能，變成自己的能力。如果和對方心靈交流，就必須付出代價。

第7集 君王麵

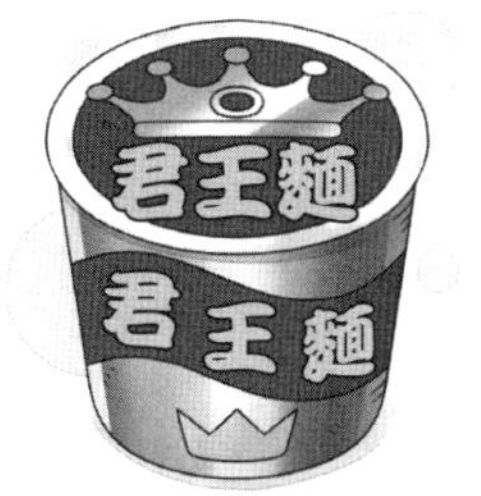

商品說明

杯麵，吃了之後就能發揮超強的領導力。

食用方法．注意事項

會誤以為世界上的一切都是自己說了算，被周圍的人討厭。有可能會成為暴君，要特別小心。

第8集 搶奪果凍

商品說明

小鳥造型的果凍，吃了之後可以搶走別人的功勞。

食用方法．注意事項

無法搶奪別人的「愛」，如果硬搶，自己的功勞就會漸漸被奪走，成為別人的功勞。

第8集 窮神口香糖

商品說明

凝聚窮神力量的口香糖，讓討厭的人吃下去，可以讓對方變窮鬼。

食用方法．注意事項

如果吃的人很有毅力，不怕窮，持續努力，窮神就會變成福神，為對方帶來很多財富。

第8集 惡魔糖

商品說明

這種糖果能讓人在對自己有惡意的人身上看到惡魔的身影，最適合用來分辨敵友。

食用方法．注意事項

討厭自己的人，在吃了這款糖果後千萬不要照鏡子，因為會發現自己變成了惡魔。

第11集 全都要奶油餅乾

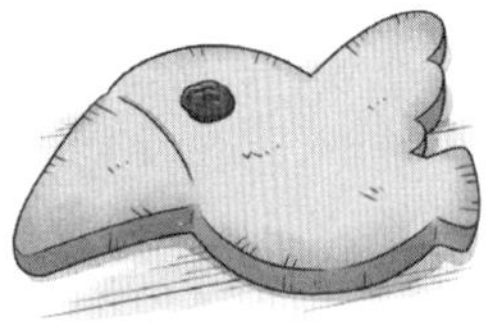

商品說明

烏鴉形狀的餅乾，吃了之後只要捏別人一下，就可以偷走對方擁有的能力。

食用方法・注意事項

如果太過得意忘形，偷別人能力的事就會被發現，進而引起麻煩，要特別小心。

第11集 遺跡米果

商品說明

裝在袋子裡的鹹味小仙貝，吃了就具備在遺跡發現古老寶藏的能力。

食用方法・注意事項

雖然能發現各種寶藏，但會因此無法發現自己真正想要的東西。

第11集 一馬當先糖

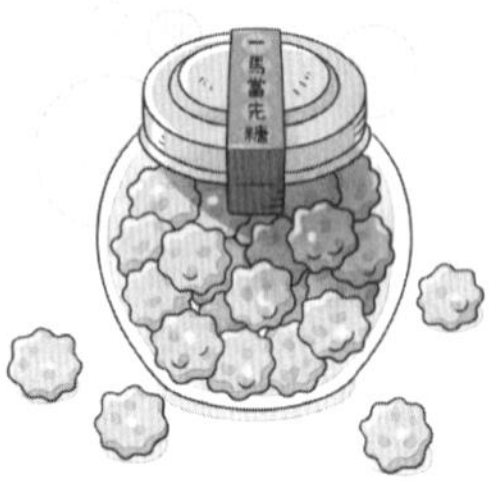

商品說明

淡紫色的金平糖，讓人排隊可以排在最前面，這樣買東西時就不需要等很久。

食用方法・注意事項

除了可以排在隊伍最前面，上課時也會最先被老師點名回答問題，或是接下最麻煩的工作。

第11集 慢郎中蘋果

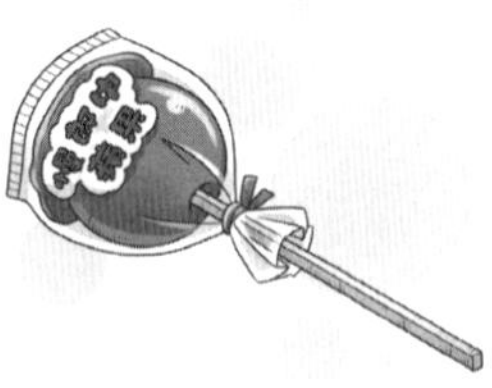

商品說明

蘋果糖。吃了之後，個性再急的人也會變成做事慢吞吞的慢郎中。

食用方法・注意事項

希美吃了錢天堂的「急驚風麻糬」（P66），為了破壞希美和朋友之間的感情，澱澱推出了這款商品。

天獄園是怎樣的地方？

怪童

「天獄園」遊樂園的老闆，和澱澱很熟，說話很獨特。他很欣賞「倒霉堂」的零食，希望向澱澱購買後，在「天獄園」的禮品店販售。澱澱和「錢天堂」的決戰落幕後，怪童又再次挖角澱澱。

天獄園

怪童經營的遊樂園。這個遊樂園雖然是另一個世界的娛樂設施，但有時候人類會誤闖進去。遊樂園內有各種設施，但幾乎每一個都很恐怖，除非是熱愛刺激、驚悚的客人，否則並不推薦。

澱澱的去向

受怪童邀請，在「天獄園」開了一家新的店，名叫「新倒霉堂」。為了發洩再也無法找「錢天堂」麻煩的怨氣，她日夜忙著製作各種充滿惡意的零食。她推出的商品，深受「天獄園」遊客的好評。

七月二十日

在主人的要求下，我們在院子裡搭了帳篷喵。

有了「星星金平糖」，帳篷內美得就像天文館喵。

神奇柑仔店

二〇一三年，
我曾寫過一篇成為「神奇柑仔店」原點的故事，
這就是錢天堂一切故事的起點。

插圖／Nakarai Kaoru

神奇柑仔店

「嗚嗚嗚！我肚子好餓。」

勇介摸著肚子，搖搖晃晃的走在放學回家的路上。他飢腸轆轆，餓得前胸貼後背，因為他今天也沒有吃到營養午餐。

「可惡，都是猩猩猛害的！」

勇介想起今天營養午餐的事，忍不住用力握住了拳頭，內心的懊惱變成巨大的怨氣，在空空的肚子內翻騰。

勇介的班上最近在玩奇怪的懲罰遊戲，遊戲的名稱就叫做「進貢遊戲」。

遭到懲罰的同學，必須把自己的營養午餐送給想吃的同學，無論是白飯、配菜還是甜點，全部都要送給別人。

這是班上的猴大王——猩猩猛突發奇想的殘酷遊戲。遭到懲罰的同學，營養午餐會被其他人吃掉，連一口都吃不到。

猩猩猛的本名叫木下猛，才小學六年級身高就有一百六十五公分，體重七十二公斤，長得身材高大力氣也不小，理所當然的成為了班上的老大，大家都很怕他。

而且他的個性很差，是班上的小霸王，最喜歡欺負人。即使別人被他打得很痛，忍不住哭出來，他仍然說著「我一點都不痛，所以沒關係」，然後繼續打人。

他會想出這個「進貢遊戲」，不僅是因為他自己的營養午餐不夠吃，而且他更想讓別人也體會飢餓的感覺。

決定進貢遊戲下手的目標，還有吃掉所有貢品的人，當然都是猩猩猛，而且他最近還盯上了勇介。

猩猩猛似乎對之前美勞課時，勇介使用爸爸送他的專業繪畫套組感到很不高興。從那天之後，他就一直要勇介當進貢遊戲的懲罰對象，老師也完全沒有發現這件事。因為猩猩和他的跟班，下手時都會避開老師，不讓老師發現。

勇介這陣子都沒辦法吃到午餐，這對正在發育的小學生來說是極大的痛苦。他現在連走路都走不穩，沒有吃到的營養午餐菜色一直在他腦袋裡打轉。

「不行不行，不能再想營養午餐的事了，還是趕快回家，讓媽媽做飯糰給我吃。」

想到這裡，勇介突然想起一件事。

對了，媽媽今天不在家，她昨天就去親戚家幫忙了。她為自己

準備的點心——最後一碗泡麵也在昨天吃完了，現在家裡完全沒有可以吃的東西，在爸爸回家之前，勇介只能繼續忍受飢餓。

咕嚕咕嚕咕嚕。

勇介的肚子發出咕嚕咕嚕咕嚕的聲音，覺得自己頭昏眼花。

「不行了，我快餓死了，根本等不到晚上，先去附近的便利商店買個麵包充飢吧。」雖然買零食吃不太好，但他現在根本管不了那麼多，無論如何都要找到食物來填飽肚子。

勇介滿腦子都想著食物，嘴裡不停分泌唾液，忍不住跑了起來。

他想走捷徑，於是跑進了旁邊的岔路。也許是因為從明亮的大路突然跑進昏暗的小巷，他感到一陣頭暈，身體用力搖晃了一下。

這時，有人用力抱住了他。

「啊，對、對不起。」

勇介急忙道歉，接著大吃一驚，因為抱住他的人是一個身型很高大的阿姨。她又高又壯，長得比勇介的爸爸還高，而且身材很豐腴，簡直就像是相撲選手。

高大的阿姨穿著紫紅色和服，豐滿的臉蛋看起來很可愛，但是盤起來的頭髮像雪一樣白，她在那頭白髮上插了好幾支不同顏色的玻璃珠髮簪。

阿姨低頭看著勇介，對他嫣然一笑。她揚起紅色的嘴角，看起來有點可怕。

「哎喲哎喲，原來是客人啊，歡迎光臨。」

阿姨像在唱歌一樣說完這句話，然後側著身體說：「請進。」勇介這才發現她身後有一家小店。

那是一家柑仔店，看起來歷史很悠久，店面掛了一塊很漂亮的招牌，但是招牌上的字太難了，勇介不認得。

而且勇介根本無心看招牌，因為他的目光很快就被琳琅滿目的零食吸引了。

小小的柑仔店裡，到處都是從來沒有見過的新奇零食。玻璃瓶裡裝滿了像是金色眼睛的「貓眼糖」；像白骨一樣裝在桶子裡的東西，上頭寫著「愛你入骨鈣片糖」；旁邊的大盤子裡放滿不知道是什麼味道，有各種條紋花色的「毒蛇果凍」；貨架上也擺滿了裝零食的盒子，有「抖抖幽靈布丁」、「鬧鬼冰淇淋」、「教主夾心巧克力」、「彩虹麥芽糖」、「稻荷仙貝」、「遠足罐」、「海賊杏仁」、「猛獸餅乾」等點心。

光看就令人心跳加速的零食，接二連三映入勇介的眼簾。

勇介目瞪口呆的看著這些零食，那個阿姨得意的對他說：

「幸運的客人，你覺得怎麼樣？本店各式商品一應俱全，一定會有你喜歡的零食。」

「幸、幸運？我嗎？」

聽到阿姨說出奇怪的話，勇介忍不住皺起了眉頭。

「我怎麼可能是幸運的人？猩猩猛每天都欺負我，我根本就是超不幸的六年級學生。」勇介心想。

阿姨好像看透了他內心的想法，笑了笑說：

「是啊，只有幸運的客人才能來到本店。因為只有經過本店挑選的客人，才能受邀來到這裡。哎喲，你不要露出這種表情。是啊，沒錯，我當然知道，你是不是想說你很不幸？但是只要你買了本店的商品，呵呵呵，也許情況會不一樣。」

阿姨呵呵笑了笑，看著勇介彎下了腰。阿姨的影子落在勇介的上方，眼前一下子變暗了。

阿姨用甜美的聲音小聲對他說：

「來，你儘管說吧，你真正想要的是什麼？請你說出你真正需要的東西。」

咕嚕咕嚕。勇介的肚子發出了叫聲，他用無力的聲音說：

「可以填飽肚子的東西。」

「肚子？哦，那『軍糧牛奶糖』最適合你。」

「軍糧？」

「對，軍糧就是打仗時儲備給士兵吃的糧食。你運氣很好，我才剛進貨，你看，就是這個。」

阿姨動作俐落的拿出一個小盒子，黃色的紙盒上，用蒼勁有力的字寫著「軍糧牛奶糖」。

勇介一看到那個盒子，視線就無法再移開了。他知道自己需要這盒牛奶糖，這是自己一直想要的東西。「我想要、我想要、我想要！」勇介在內心吶喊。

「這個多、多少錢？」

「五十元。」

勇介從錢包拿出五十元硬幣給阿姨，阿姨用力點了點頭說：

「好，我收到錢了，這盒軍糧牛奶糖是你的了。」

勇介一把抓住牛奶糖的盒子，盒子感覺很重。

「這是我的，我絕不會放手。」

勇介太高興了，高興得說不出話來。

阿姨對激動不已的勇介拍了拍手說：

「好，比賽開始了。這家店的力量會戰勝你的不幸，還是會一敗

塗地呢？目前還不知道比賽的結果，因為只有你能決定比賽的勝負，希望你可以正確、聰明的食用。」

阿姨的聲音越來越小，越來越遠，勇介突然被一片黑暗籠罩了。一回過神，勇介發現自己正站在家門口，他竟然在不知不覺中回到家了。他以為剛才的事情都是在做夢，卻發現自己的手上緊緊握著「軍糧牛奶糖」。

「原來我不是在做夢啊！」

勇介激動的注視著牛奶糖。「軍糧牛奶糖」看起來和普通的牛奶糖沒什麼兩樣，但他還是覺得這款零食很特別。

咕嚕咕嚕咕嚕。啊，肚子又餓了，那就先吃顆牛奶糖吧。

他打開盒子，拿出一顆牛奶糖。有趣的是，牛奶糖不是四方形，而是米袋的形狀。

勇介把牛奶糖放進嘴裡。

「太好吃了！」

他感動得差一點流淚。他以前從來沒有吃過這麼好吃的牛奶糖，他忘我的舔著糖果，小小的牛奶糖一轉眼就吃完了。

「啊，太好吃了。」

勇介滿足的嘆了一口氣，他覺得那顆牛奶糖讓他有吃飽的感覺，忍不住伸手摸了摸肚子。

「咦？」

勇介回過神，發現肚子真的鼓鼓的。這怎麼可能呢？自己沒吃午餐，怎麼可能只吃一顆牛奶糖就飽了？根本不可能會有這種事。不過他真的有吃飽的感覺，現在一點也不想再吃東西了。為什麼會這樣？

勇介開始檢查牛奶糖的盒子，發現盒子背面寫了以下的文字：

餓著肚子沒辦法打仗，向希望很快填飽肚子的你推薦這款

「軍糧牛奶糖」。只要吃一顆，就可以有吃了一餐的飽足感。這是能放在口袋裡，攜帶方便的食物，敬請多加利用（內有五十顆）。

「好厲害！」

勇介忍不住歡呼起來。

有了這款牛奶糖，即使不吃營養午餐也沒問題。竟然能買到這麼神奇的零食，啊啊啊，真是太幸運了。

勇介沉浸在幸福中，興奮得臉都紅了。他雙手緊握著心愛的牛奶糖盒子，回到了家中。

從那天之後，每次猩猩猛搶走他的營養午餐，勇介就吃一顆軍糧牛奶糖。軍糧牛奶糖無論在什麼時候效果都超強，他不會在下午上課時肚子餓得咕嚕咕嚕叫，也不會因為肚子發出叫聲感到丟臉。

勇介靠著軍糧牛奶糖，不再害怕猩猩猛欺負他。

但是猩猩猛也不是傻瓜，他看到勇介若無其事的樣子，發覺事情必有蹊蹺，於是整天都盯著勇介的行動。

勇介也沒有鬆懈，每次都趁別人不注意的時候，迅速把軍糧牛奶糖放進嘴裡，然後假裝什麼事也沒有發生。牛奶糖很小，放進嘴裡很快就吃完了，所以沒有人發現他偷偷吃糖。

勇介看到猩猩猛一臉懊惱的樣子，感到很痛快。

「嘿嘿，活該，你就繼續自以為在欺負我好了。笨猩猩。」勇介心想。

兩個星期過去了，猩猩猛終於忍無可忍，在放學後和幾個跟班躲在暗處埋伏，一看到勇介就立刻撲了上去，搶走他的書包。

「你要幹麼？還給我！」

勇介拚命想把書包搶回來，但是那些跟班擋住了他的去路，還踢他的腳，讓他跌倒在地。猩猩猛把勇介書包裡的東西全都倒在地上，然後……

「找到了！」

猩猩猛不懷好意的笑著，拿起「軍糧牛奶糖」的盒子。

「還、還給我！」

「哦，是牛奶糖啊。勇介，你做人太不老實了，竟然自己偷吃糖。進貢遊戲不是規定不能自己偷吃嗎？」

猩猩猛一臉不屑的搖晃牛奶糖的盒子。

「作為對你的懲罰，明天我會讓遊戲更好玩，這個我要沒收。」

「不行！」

軍糧
牛奶糖

「不行不行不行，如果牛奶糖被他搶走，就真的完蛋了。」

勇介這麼想著，不顧一切的甩開抓著自己的手，然後撲向猩猩猛。勇介盡了最大的努力，猩猩猛看到他反抗，應該也大吃一驚，只不過勝負很快就揭曉了。

猩猩猛微微喘著氣，對被推倒在地的勇介一臉輕視的說：

「不過是個牛奶糖，你就這樣大打出手，真是有夠蠢。好吧，牛奶糖還給你，我可不想吃了你的牛奶糖，然後變得像你一樣蠢。拿去，快去撿啊！」

猩猩猛把那盒牛奶糖丟到遠處。

「去啊，蠢蛋，那不是你的寶貝嗎？趕快去撿啊，汪汪！」

猩猩猛和其他人叫囂著，勇介氣得都快哭出來了。如果是普通的牛奶糖，他一定會直接轉身離開，不會理他們，但那是他心愛的軍糧牛奶糖。

勇介覺得很悲哀，卻還是急忙跑去撿牛奶糖，努力不去聽猩猩猛和其他人的嘲笑。

但是當勇介好不容易跑去撿起盒子時，立刻發現了不對勁。盒子輕得難以置信，於是他打開蓋子檢查。

盒子裡的牛奶糖全都不見了，但是裡面不是空的，猩猩猛把他的臭襪子揉成一團塞了進去，似乎是想要惡整勇介。

「嗚呃！」

他忍不住把盒子丟了出去，身後立刻傳來猩猩猛和其他人的大笑聲。

「笨蛋，竟然會上這種當，你就把我的襪子當寶貝吧！牛奶糖我收下了，笨蛋，我們明天見囉！」

猩猩猛就這樣帶著他的跟班跑走了。

勇介想要追上去，但是他兩腳發軟，而且即使追到了，他也打不過他們，他們一定會在自己的面前把牛奶糖吃光。

「可惡、可惡！唉，那個神奇柑仔店的阿姨問我：『需要什麼？』的時候，我為什麼不回答：『我想要讓自己變強壯的零食』呢？既然那家柑仔店有『軍糧牛奶糖』，一定也會有這種零食才對。可惡！」

勇介的眼淚忍不住流了下來，正當他想擦去淚水的時候，看到了掉在地上的牛奶糖盒子。猩猩猛的臭襪子還塞在盒子裡。

勇介越想越火大，像猩猩猛的襪子這種髒東西，怎麼可以一直放在軍糧牛奶糖的盒子裡！

他撿起盒子想把襪子拿出來的時候，發現盒底寫了小字。勇介用含著淚水的雙眼閱讀那些文字。

注意事項：千萬不要在空腹以外的時間吃軍糧牛奶糖。在肚子飽的時候吃，可能會導致營養過量，進入「冬眠」狀態，到時候可能會睡半年到一年的時間，所以要特別注意。

勇介瞪大眼睛，一次又一次的看著這些字。

隔天，猩猩猛和他的跟班再也沒有到學校來了。

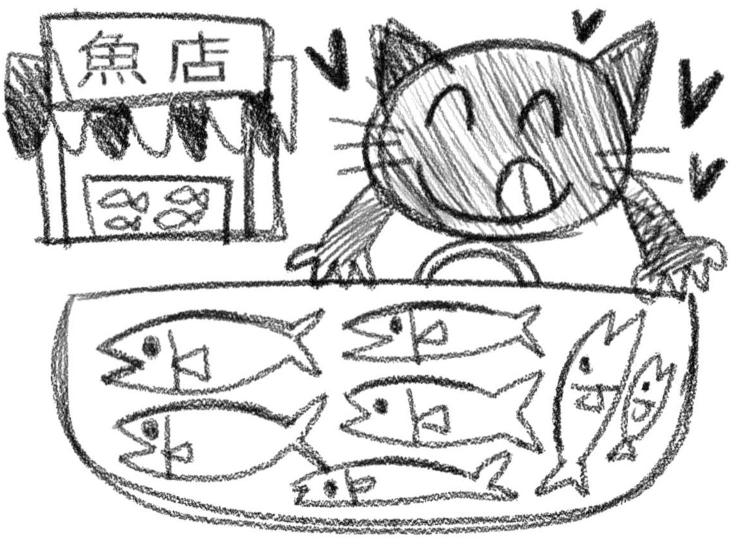

10月1日

主人叫我去鬼火橫町的魚店買魚喵。

我買到了很多活跳跳的鮮魚喵。

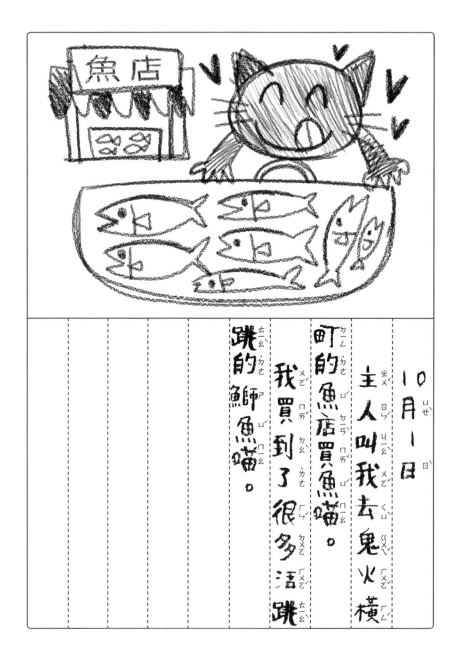

分身泡泡糖

錢天堂在新地點做開店準備時發生的小故事。
原本收錄在第十集附贈線上閱讀故事，
應還沒讀過這篇故事的客人要求，重新收錄在書中。

小浩心浮氣躁的走去補習班。

升上小學六年級後，小浩開始去補習。因為功課越來越難，而且他打算參加某些國中的入學考試（註），所以到補習班上課也是無可奈何的事。但小浩心裡還是無法接受，覺得很不高興。

「為什麼假日一大早就要去補習班報到？雖然最近成績有點退步，但這根本不是問題啊。因為我很優秀，之前沒什麼用功讀書，但每次考試的成績都很不錯，才不需要去什麼補習班呢，只要放鬆一下心情就好。心情放鬆了，考試只是小事一樁！今天去電動遊樂場玩一下吧，翹一節課也沒什麼大不了的。」

小浩找理由說服自己後，就偏離前往補習班的那條路，當他回過神時，發現自己走進了一條暗巷。

暗巷深處有一家小店，店門口堆放著大小不一的紙箱。這家店看起來才剛搬來沒多久，有些紙箱敞開著，裡頭有許多五彩繽紛的神奇零食和玩具。

店裡有一個很高大的女人，正把寫著「錢天堂」的漂亮招牌掛在門上方。她穿著和服，還有一頭白髮，小浩原本以為是個老奶奶，沒想到當她轉過頭時，卻發現她的容貌看起來很年輕。

「哎喲，這麼快就有客人上門了？不好意思，我剛搬來這裡，現在還在籌備中……不，沒關係，雖然目前陳列的商品不多，但也許會有你想要的東西，請慢慢看。」

聽到老闆娘這麼說，小浩興奮得探頭向紙箱內張望，他覺得這裡的零食都有一種難以形容的魅力。

「這是寶貝，絕對不是普通的零食。」小浩心想。

看了一會兒，小浩終於找到了自己想要的東西——分身泡泡糖。

分身泡泡糖看起來和普通的口香糖沒什麼兩樣，盒子裡每一片細長形的泡泡糖都用紙包了起來，紫色的包裝紙可能是葡萄口味。

「我要這個！」小浩下定了決心。

當他緊緊握著泡泡糖時，那個女人對他說：「你是不是已經決定要買什麼了？泡泡糖售價一百元，但要用平成二十年的一百元硬幣支付。」

小浩急忙把錢包裡所有一百元都拿了出來，幸好其中有一枚是平成二十年的一百元硬幣。女人笑著把錢接過去，然後說出很奇怪的話。

「這個商品有點特別，也有點危險，記得要仔細閱讀上面的說明，並小心使用，知道了嗎？」

「嗯？喔，好啊好啊。」

小浩心不在焉的回答，滿腦子都想著手上的分身泡泡糖。

他在不知不覺中，走到了補習班附近的馬路。現在距離上課還有一段時間，小浩把手上的分身泡泡糖翻來翻去，仔細打量著。

他撕開包裝紙，發現泡泡糖上插著一個白色紙卷。他想那應該是說明書，正想拉出來看的時候，指尖傳來一陣刺痛。

「好痛！怎麼會這樣！」

仔細一看，捲起來的白紙中心，有一根細細尖尖的東西。他輕輕拉出來一看，原來是一根銀色的長針。

「為什麼要把針放在泡泡糖裡面？」

小浩舔了舔被刺到的手指，打開紙卷一看，果然是說明書。

分身泡泡糖（七片裝）。這是為忙碌的你、想要擁有自由卻擠不出時間的你，特別準備的泡泡糖。擁有自己的分身超簡單！只要咀嚼泡泡糖，然後吹出泡泡，馬上就可以為自己製造分身。

不過，同時有兩個相同的人存在，可能會引起不必要的誤會，所以當分身出現時，本尊的外型就會改變。想恢復原狀時，只要用包裝內的銀針刺一下分身就行了。

你也可以為分身賦予不同的能力。在吹泡泡時，只要用念力想著「我想變成這樣的人」，就可以自由製造出運動能力很強的分身，或是很會讀書的分身。

「這真是太厲害了！」

小浩確認四下無人後，便把一片泡泡糖放進嘴裡。他咬了咬泡泡糖，品嘗到神奇的甜味後，開始吹泡泡。

他在用力吹氣時，專心的想著「變成很聰明、功課很好的人！」

泡泡糖吹出的泡泡，像淡紫色的氣球一樣越來越大，而且漸漸

行李速遞
092 0000

的吹出了人的形狀！

最後那個泡泡，變成了和小浩相同大小的人形。

下一剎那，淡紫色的人形泡泡發出亮光，變成了小浩的模樣。無論髮型、服裝，還是臉上戴著的眼鏡，全都和小浩一模一樣，無論怎麼看，他就是小浩本尊。

泡泡糖分身對大吃一驚的小浩說：「請下達命令。」

「命令嗎……好！你、你代替我去補習班考試，補習班放學後，我們約在住家附近的瀧頭公園見面。」

「遵命。」

分身接過小浩的書包便走向補習班，小浩忍不住笑了起來。

「這下子就天衣無縫了。很好，我要趁這個機會去電動遊樂場玩。」

來到位在購物中心內的電動遊樂場後，小浩遇到了朋友順平，他高興的向他打招呼。

「順平，你也來這裡嗎？太好了，要不要一起玩超獸格鬥？」

沒想到順平一看到小浩，立刻警戒的皺起眉頭問：

「你是誰啊？」

「啊？」

「我們以前見過嗎？」

順平露出有點害怕的表情瞪著他，小浩對朋友的反應大吃一驚，慌慌張張的走開了。

「這到底是怎麼回事？」小浩從錢包裡拿出說明書，重新看了一遍，上面寫著：「當分身出現時，本尊的外型就會改變……」

「原來是這樣，我現在一定變成了別人的樣子。」

小浩急忙走進廁所去照鏡子，鏡子裡出現一張陌生的臉。原來是這樣，難怪順平會不認得自己。不過話說回來，現在這個樣子，即使被父母看到也不必擔心。

「這樣就不必偷偷摸摸了。」小浩放心的玩起遊戲。

但是，玩著玩著，他開始擔心那個「分身」。

分身能幫自己考到好成績嗎？今天是每月一次決定排名的考試，考試結果會決定下個月被分到哪一個班級。小浩目前在D班，如果被分到最差的E班，父母一定會氣得跳腳。

小浩不由得害怕起來，還沒到約定見面的時間，他就急急忙忙趕去住家附近的小公園。

小浩坐在長椅上等待時，分身走了過來。

「怎、怎麼樣？」

「應該很順利。」

「真的嗎？成績……考、考試的成績怎麼樣？」

分身從書包裡拿出一張紙交給小浩。

小浩快速的看了一眼，頓時目瞪口呆。每一科的成績都超過九十五分。

「你、你……真的考得這麼好嗎？」

「對啊，如果一下子每科都考一百分，可能會引起懷疑，所以我有些地方故意寫錯。」

「太驚人了！這個分身真的很聰明，連這種細節都有想到，簡直太厲害了。」小浩心想。

雖然很想一直保留這個分身，但是這麼一來，小浩就無法恢復成原來的模樣。

即使捨不得，小浩還是拿出那根銀針，輕輕刺了分身的手。只聽到「砰」的一聲，分身就像氣球破裂般消失不見了。

只要擁有分身泡泡糖，就完全不必擔心考試的事了！

「我真是太幸運了。」小浩忍不住竊笑起來。

就這樣，國中入學考試的那一天終於到了。

小浩前往成為考場的學校，走進考場附近便利商店的廁所，立刻咀嚼泡泡糖製作分身。

「你代替我去考試，這是准考證，你一定要讓我考上那所學校。考完試後，我們在瀧頭公園的游泳池後面見面。」

「遵命。」

分身馬上離開了。

小浩隔了一會兒才走出廁所。

「好，這樣就搞定了。等一下要去哪裡呢？要去電動遊樂場打發時間嗎？不行，今天身上沒錢，沒辦法去玩。唉，真希望有花不完的零用錢。」

當他閃過這個念頭時，看到一家掛著紅色旗幟的商店，上面寫著「寶籤彩券！獎金一億元！」

「一億元嗎？如果可以中一億元，不知道該有多好。對了，分身泡泡糖。不知道吃分身泡泡糖，能不能製造出中獎運超強的分身？

嗯，一定可以！」

小浩跑回剛才的便利商店，直接衝進廁所。

他用力嚼著泡泡糖，然後吹出泡泡。「我要一個中獎運很強的分身，任何彩券都能中頭獎的分身，無敵幸運的分身。」他滿腦子只想著這件事。

泡泡越吹越大，但這次並沒有像以前一樣變成人的形狀，只是變成一個很大的圓形泡泡。小浩很著急，繼續用力吹氣。

這到底是怎麼回事？為什麼沒有變成人的形狀？

不一會兒，泡泡擠滿了廁所的狹小隔間，再繼續吹下去，小浩就要沒地方站了。他感到有些害怕，不再繼續吹氣，但是就算他停下來，泡泡還是越來越大，他想把泡泡糖吐掉，卻怎麼也吐不出來。

泡泡膨脹到極限後，終於破裂了。

砰！

在那聲巨響過後，小浩的眼前一片漆黑，然後……

回過神時，少年發現自己在冰冷狹小的廁所內，頭痛欲裂，卻搞不清楚狀況，也不知道自己為什麼穿著褲子坐在馬桶上。最可怕的是，他不知道自己叫什麼名字。

他不知道自己是誰，也想不起父母的名字和家住哪裡。他害怕不已，絞盡腦汁回想，但是腦袋卻一片空白，什麼都想不起來。

他用發抖的手伸進長褲和外套的口袋，想要尋找有助於回想起自己是誰的線索，結果摸到了錢包。

錢包裡雖然有錢，但是卻沒有學生證或是其他可以證明身分的證件，而且裡頭還有一根銀針和摺起來的紙。

少年看了那張紙，發現那是一張說明書。他將紙翻過來，發現背面也寫了字。

不過，一定要等舊的分身消失之後，才能製作新的分身。要是同時製作兩個分身，就會摧毀你在這個世界的人生，失去所有的記憶。如果不想失去自己的人生，使用時請務必小心謹慎。

他抓了抓頭，雖然認得上面寫的每一個字，卻無法理解那是什麼意思。

「這張紙上寫的東西沒有意義。無論如何，一直躲在這裡也沒用，先出去再說。走在路上時，說不定會遇到認識自己的人。」他心想。

於是「身分不明」的少年丟掉那張紙，搖搖晃晃的走了出去。

鳥山浩，十二歲的男生。平成二十年的一百元硬幣。

註：日本小學和國中為義務教育，一般不設入學考試。部分名校（含私立學校）因入學門檻特別高，競爭激烈因此有入學考試。

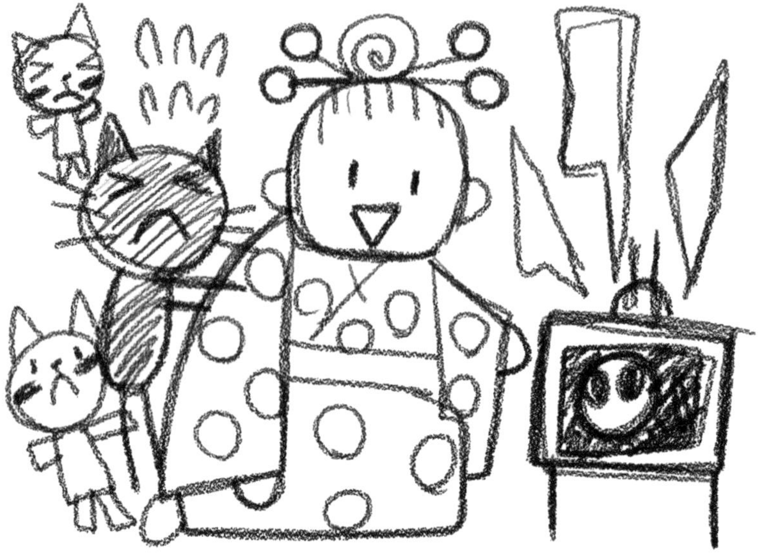

11月25日

今天晚上熬夜看電影了喵。

主人很愛看恐怖片，但是我和招財貓都嚇死了喵。

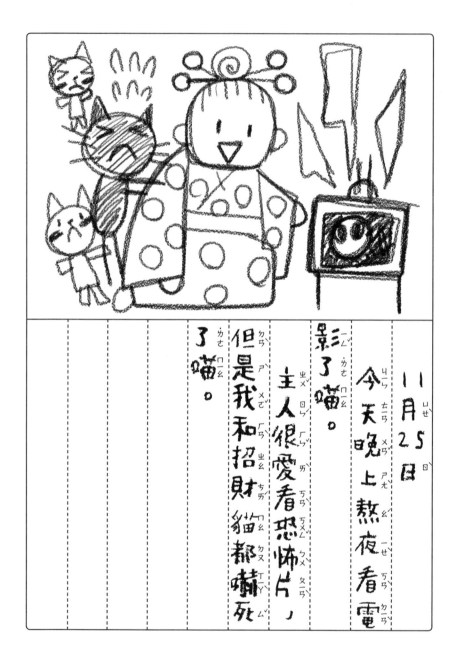

猛獸餅乾再次發威

錢天堂有一款名叫「猛獸餅乾」的商品。
以前曾經有一個男生偷了這款商品，
但也有客人是用幸運寶物購買的，
這次就為大家說說這位客人的故事。

小滋今年六歲，個性很膽小，所以他每次遇到附近的大狗都很害怕，經常對著他吠叫的小狗也讓他很恐懼，其中最可怕的就是爺爺家飼養的貓——蜆仔。

蜆仔的年紀比小滋大，今年七歲，是一隻又大又肥的虎斑貓。如果只是默默看著，會覺得牠很可愛，簡直就像是一隻小老虎。但是蜆仔的脾氣很暴躁，只和爺爺、奶奶親近，其他人在牠眼中全都是牠的奴隸。

蜆仔尤其不把小滋放在眼裡，每次想要摸牠，牠就齜牙咧嘴的凶人。不對，即使根本沒有伸手想要摸牠，牠也很凶。牠的個性很差，似乎覺得嚇唬膽小的小滋很好玩。

爺爺家住得很近，但是小滋因為害怕蜆仔，所以不敢隨便去爺爺家玩，他為這件事感到既難過又不甘心。

「要是蜆仔也願意親近我，不知道該有多好，這樣我就不會怕牠了！」

但是蜆仔真的很不好對付。

有一次，小滋用蜆仔最愛的木天蓼吸引牠，蜆仔雖然走了過來，卻用爪子抓了小滋的手，然後就轉頭離開，根本不把小滋放在眼裡。小滋至今仍然無法忘記自己當時被牠抓得有多痛。

即使用牠喜歡的東西，也沒辦法打動那隻貓。

到底該怎麼辦呢？拿逗貓的玩具陪牠玩嗎？沒錯，這個主意好像不錯。只要多陪牠玩幾次，牠可能就會喜歡自己。

小滋想到這個妙計後，決定立刻去一趟寵物店。

但是當他走出家門，在快到寵物店時，突然感覺背後有動靜。回頭一看，小滋立刻大吃一驚。有一隻貓在距離他差不多五步遠的地方，那是一隻比蜆仔更大的黑貓，有一對藍色的眼睛，而且牠正在用那雙藍色眼睛盯著小滋。

如果說蜆仔像老虎，那這隻黑貓就像是黑豹。

小滋頓時害怕起來，他假裝什麼都沒看到，急急忙忙的繼續往前走。

他走了一會兒，才偷偷回頭看一眼，然後再次大驚失色。因為那隻黑貓就跟在他的身後，而且一直目不轉睛的看著他，用緩慢的步伐一步一步跟著小滋。

「啊啊啊啊！」

小滋陷入了崩潰的情緒。

「牠會咬我嗎？會攻擊我嗎？怎麼辦？我必須趕快逃走！」小滋心想。

小滋害怕得忘了自己原本打算去寵物店，只是不顧一切的拔腿狂奔。

但是，那隻黑貓也在後方緊追不捨。

小滋越來越害怕，情急之下，他衝進了旁邊的岔路，然後在小巷內全速奔跑。突然，他的眼前出現了一家小店。

「我要逃去那家店！」

小滋來不及多想，就直接衝進店裡，然後在關上玻璃門的同時，全身放鬆了下來。

他雙腳發抖，胸口發悶，正當他用力喘氣的時候，突然有個影子出現在眼前。

小滋抬起頭，驚訝得張大了嘴。

眼前這個高大的阿姨簡直就像是一座山，她穿了一件印著古錢幣圖案的紫紅色和服，一頭雪白的頭髮上插了好幾支不同顏色的玻璃珠髮簪。她的臉蛋很豐腴，完全沒有皺紋。

雖然阿姨的長相讓人覺得有點奇怪，但她遞了一杯水給小滋。

「請歇腳、飲水。」

阿姨說的話也有點奇怪。

小滋很緊張，但他還是接過杯子，因為他已經口乾舌燥了。一口氣喝完之後，他把杯子還給那個阿姨。

「謝、謝謝。」

「不客氣，身為『錢天堂』的老闆娘，款待幸運的客人是理所當然的事。」

「錢天堂？」

「對，這是本店的店名。我是老闆娘紅子，你就是幸運的客人。咦？」

這時，老闆娘看向小滋的身後。

小滋轉頭一看，嚇得差一點就跳起來了，因為那隻黑貓就在玻璃門外。

「哎呀，你被關在門外了嗎？這位客人，我先失陪一下。」

老闆娘說完，便走過小滋的身旁，準備打開玻璃門。

「不、不可以打開！」

小滋小聲叫著，但是老闆娘沒有理會他，逕自把門打開了。

黑貓立刻走了過來，從喉嚨發出了滿足的聲音，跳到老闆娘的肩上。老闆娘也滿面笑容，摸了摸黑貓的頭。

「墨丸，你真乖，你真是一個乖孩子。」

小滋看到這一幕才終於知道，原來這隻黑貓是這家店的店貓，牠並不是在追逐自己，只是回家而已。

老闆娘和黑貓的感情真好。小滋忍不住羨慕起來。

「如果我和蜆仔也能像他們一樣，不知道該有多好。」

內心這麼想的小滋，忍不住一直看著他們。這時，老闆娘轉頭看著他說：

「哎呀，我真是太失禮了。我並沒有想要冷落你，嗯，咳咳，幸運的客人，再次歡迎你來到『錢天堂』，希望你在這裡找到想要的零食或玩具。」

「零食？玩具？」

「沒錯，這裡有很多零食和玩具，因為『錢天堂』是一家柑仔店。」

聽了老闆娘的話，小滋才終於開始打量店內。老闆娘說得沒錯，店裡的零食和玩具品項繁多，有「晴天檸檬糖」、「長髮公主椒鹽捲餅」、「萬人迷麻糬」、「挑戰柳丁」、「結束甜甜圈」、「沉睡撲滿」、「珠寶果凍」、「控制蛋糕卷」、「虛擬徽章」、「滾滾螺旋麵包」、「稻荷仙貝」。

店裡所有商品都很吸引人，而且都是他以前從來沒有見過的東西。那裡的貨架和這裡的箱子全都放著滿滿的商品，天花板上還懸掛著飛機和面具，簡直就像廟會一樣熱鬧。

小滋立刻看得出神。

「怎麼會有這麼多好東西？太棒了、太棒了！我想要，我想買這裡的東西！但是到底要買什麼呢？啊，這裡有這麼多這麼棒的東西，根本沒辦法決定要買什麼！」小滋興奮得想著。

就在這時，他的目光被其中一件商品吸引，就再也無法移開視線了。

那個盒子有點大，而且上面畫著可怕的老虎和獅子。嗯，越看越可怕，但是他很想要，很想很想把它占為己有。

小滋才剛屏氣凝神的盯著看，那個叫紅子的老闆娘便伸手把盒子拿了下來。

「你是不是喜歡『猛獸餅乾』？」

「猛、猛獸餅乾？」

「對，只要吃了『猛獸餅乾』，脾氣暴戾的動物也會變得很溫馴。」

「脾氣暴戾的動物也會變得很溫馴！這不就是我想要的東西嗎？」小滋這麼想著，開口問：「所以，可以讓很、很凶的貓變得溫馴嗎？」

獵人奶油
三明治
猛獸餅乾
猛獸
餅乾
錢天堂
注意
使用前一定要先看說明書。

「當然可以。」

「我要買！我要買這個！」

「這個餅乾價格是十元，但是必須用平成三十年的十元硬幣支付。」

小滋聽了老闆娘的話，忍不住有點困惑。

「那是怎樣的十元？我不知道有沒有。」

「你一定有。」

老闆娘露出神祕的笑容，小滋頓時覺得背脊發毛，從口袋裡拿出錢包。

「我把零用錢都帶來了……在這裡面嗎？」

小滋說完，把錢包裡的錢全都放在手上，遞到老闆娘面前。老闆娘毫不猶豫的拿起一枚十元硬幣說：

「就是這個，平成三十年的十元硬幣，這是今天的幸運寶物。謝謝你購買本店的商品，這盒『猛獸餅乾』是你的了。」

「好！」

小滋欣喜若狂的接過「猛獸餅乾」，把它緊緊抱在胸前。

買到了！終於買到了！太棒了！

老闆娘對露出笑容的小滋說：

「對了，請問你看得懂文字嗎？」

「我看不懂。」

「那我來向你說明『猛獸餅乾』的食用方法和使用方法，這點很重要，所以你要仔細聽。」

老闆娘加強了語氣，她的聲音聽起來有些深沉，小滋不由得害怕起來。

他立刻挺直身體，決定認真聽老闆娘說話。

「這個盒子裡裝了各種猛獸外形的餅乾，但有一塊餅乾是人的形狀，要先吃這塊餅乾。這點一定要遵守，你聽懂了嗎？」

「知、知道了！」

「很好，之後你就可以自由的吃剩下的餅乾，這樣一來，就能心想事成了。」

老闆娘露出笑容的瞬間，小滋突然覺得有點頭暈。當他回過神時，發現自己已經回到了家裡。

「咦、咦？」

剛剛明明出門了，他是在什麼時候回家的？

小滋以為自己是在做夢，但是他的手上正緊緊握著「猛獸餅乾」的盒子。

「太、太棒了！原來不是我在做夢！」

他急忙衝進自己的房間，打開蓋子把裡面的餅乾拿出來。

老闆娘說得沒錯，裡面有好幾塊動物形狀的大餅乾，而且每塊餅乾上面用糖霜畫的動物都栩栩如生。

猩猩、眼鏡蛇、蝙蝠、獅子、蠍子、狼和犀牛。

最後，小滋看到了人形餅乾。那個人穿著紅色大衣和靴子，頭戴一頂禮帽，手上拿著長鞭。

「啊，老闆娘說的就是這塊餅乾嗎？好帥啊。」

竟然要最先吃掉這麼帥氣的餅乾，小滋覺得很可惜，因為他向來都是把喜歡的東西留到最後才吃。

但是老闆娘剛才叮嚀：「一定要最先吃人的餅乾。」老闆娘說這句話的時候，她的聲音和臉上的表情都相當可怕，如果自己不遵守約定，感覺老闆娘可能會出現在夢裡。想到這裡，小滋忍不住抖了一下。開什麼玩笑，他才不要夢見那個氣勢強大的老闆娘在夢裡追著自己跑。

小滋最先吃了人的餅乾。

「好、好吃！」

他以前從來沒有吃過這麼好吃的餅乾。糖霜香甜可口，餅乾又酥又脆，搭配得太完美了。

前一刻覺得可惜的心情完全消失了，他大口吃完餅乾，感覺心情很愉快。

怎麼回事？他覺得自己好像長大了、變強了，什麼都不怕，他想吃更多餅乾！

接著，他拿起了老虎的餅乾。老虎身上黃色和黑色的條紋圖案，以及張大嘴巴吼叫的樣子，和爺爺家的蜆仔一模一樣。

「蜆仔，我要吃掉你！」

小滋想起之前的不甘心，喀滋喀滋的把老虎餅乾咬碎。

吃了兩大塊餅乾，他覺得肚子很飽，決定把剩下的餅乾留到明天再吃。對了，乾脆每天吃一塊，這樣就可以多享受幾天。

小滋把剩下的餅乾放回盒子，藏在床下的箱子裡，以免被媽媽發現。

然後，小滋想到了爺爺家，他想要馬上去看蜆仔！

他再次衝出家門，跑了五分鐘後，終於到了爺爺的家。

「爺爺、奶奶，午安，我是小滋！」

他按了對講機，奶奶立刻為他打開大門。

「哎喲，是小滋啊，你一個人來嗎？真難得啊。」

「嗯，奶奶，蜆仔呢？蜆仔在哪裡？」

「蜆仔在沙發上。我跟你說，牠在生氣。今天牠的貓罐頭剛好吃完，因為吃不到最愛的食物，所以牠在發脾氣。爺爺出門去買貓罐頭了，在爺爺回來之前，你最好不要靠近牠。」

「沒關係。」

「嗯？」

奶奶露出驚訝的表情，但是小滋走過奶奶身旁，跑去客廳。蜆仔就在客廳裡。牠還是那麼肥，晃著長長的尾巴，一看到小滋就「喵嗚」叫了一聲。牠看起來的確心情很差。

即使看到牠可怕的樣子，小滋也不為所動，完全不會害怕，反而覺得蜆仔很可愛。

「蜆仔。」

當他叫蜆仔的名字時，事情發生了變化。蜆仔瞪大眼睛，也不再搖尾巴了。

小滋又叫了一次牠的名字。

「蜆仔……」

沒想到蜆仔竟然跳下沙發，主動走向小滋。小滋平時看到蜆仔走過來就會尖叫著逃走，但是他今天仍然留在原地。

小滋心跳加速，但他站在原地一動也不動。蜆仔走了過來，然後用身體磨蹭他的腳。

咕嚕咕嚕，咕嚕咕嚕。

蜆仔的喉嚨發出低沉的聲音，這代表牠在向小滋撒嬌。

小滋蹲下來，輕輕撫摸蜆仔的背部。蜆仔沒有生氣，反而把身體彎成弓形，似乎要他繼續摸。小滋鼓起勇氣，用力握住牠的尾巴，但是蜆仔沒有生氣，繼續向他撒嬌。

奶奶看到這一幕，忍不住瞪大了眼睛。

「真是難以置信……小滋，你用了什麼魔法嗎？」

「嘿嘿，差不多啦，我現在可以和猛獸當好朋友。」

小滋眉開眼笑的回答。

沒錯，這就是「猛獸餅乾」的威力，可以和猛獸當朋友的力量。多虧有「猛獸餅乾」，小滋終於摸到了蜆仔。牠身上柔軟蓬鬆的毛髮，摸起來真是太舒服了，小滋感到非常滿足。

隔天，小滋在幼兒園向同學們炫耀：「我終於摸到爺爺家的蜆仔了！」

住在這附近的人都知道蜆仔很凶，所以大家都驚訝的說：「你好厲害！」

但是當小滋得意得挺起胸膛時，有人突然從後面推了他一下。

「啊！」

回頭一看，原來是小滋在「桃子班」的同學——新太郎。

新太郎是幼兒園內最調皮搗蛋的學生，喜歡欺負弱小，也經常動手動腳搶奪別人的玩具和便當。因為他個子高、力氣大，就連老師也管不動他。

新太郎瞪大眼睛，低頭看著小滋。

「只不過是摸貓而已，有什麼好神氣的，傻瓜！」

「你、你說什麼？」

「少囉嗦！」

新太郎一拳打在小滋的頭上，小滋的淚水在眼眶中打轉。新太郎看到他快哭了，更加得寸進尺。

「哇，這樣就要哭嗎？愛哭鬼，沒出息！」

「嗚！」

小滋低下頭，心中想著：「我要反駁新太郎，我要給他一點顏色瞧瞧。」

但是小滋的內心很害怕，身體完全無法動彈，因為他知道自己絕對打不贏新太郎，只能低頭哭泣。

回到家後，小滋仍然覺得嚥不下那口氣。自己終於敢摸蜆仔，並且為這件事感到高興，沒想到好心情全都被新太郎毀了。

他越想越氣，從床下拿出「猛獸餅乾」的盒子。他覺得這種時候要吃好吃的東西，才能夠讓心情好起來。

要吃哪一塊餅乾呢？他把餅乾拿出來，立刻看到了猩猩。

猩猩。仔細一看，餅乾上的猩猩簡直和新太郎一模一樣。不，不對，是新太郎長得和猩猩一模一樣。

「可惡！」

小滋想到了討厭的新太郎，氣得把猩猩餅乾的頭咬了下來。真希望也可以把那個傢伙的腦袋咬得稀巴爛！唉，明天不想去幼兒園，真不想再看到他。

因為他悶悶不樂的想著這些事，就連餅乾也變得不好吃了。

隔天，小滋心不甘情不願的去幼兒園。雖然他很想請假，但是媽媽說：「不可以隨便請假！」

唉，真不想見到新太郎。

不過這種時候往往事與願違。一走進「桃子班」，小滋就發現新太郎已經來了。新太郎一看到小滋，就大搖大擺的走了過來。

新太郎的臉上，露出「我今天也要好好欺負你」的表情。

如果是平時，小滋一定會嚇得發抖，但是……

「咦？」

小滋忍不住感到納悶，因為他今天一點也不怕新太郎，反而覺得他很可愛。這種感覺……啊，和上次摸蜆仔的時候一樣。

雖然難以置信，小滋還是叫了新太郎的名字。

「新太郎。」

新太郎立刻停了下來，他的表情一臉呆滯，看起來更像猩猩了。

通知

沒錯，他是猩猩，他就是猩猩。

小滋大聲命令：

「新太郎，坐下！」

新太郎立刻坐在地上。

新太郎也露出驚訝的表情，大喊：

「為、為什麼？為什麼會這樣？」

「新太郎，不要吵！」

「……」

新太郎立刻閉上了嘴巴。

這絕對是「猛獸餅乾」的威力。因為吃了猩猩餅乾，小滋也有了馴服人類的能力。

啊，對了，人類也是動物，調皮搗蛋的新太郎就像是猛獸，所以才能夠馴服他。

小滋恍然大悟，探頭看著新太郎的臉。新太郎臉色蒼白，好像快要哭出來了。小滋緩緩對他說：

「新太郎，你以後不可以再調皮搗蛋了，因為被你打、被你踹的人會很痛，也不要再說別人的壞話。還有，你也不能做壞事，更不可以搶別人的便當，知道了嗎？」

「知、知道了。」

「好，那你可以站起來了。」

新太郎渾身發抖的站了起來，然後一溜煙跑出教室。

那天之後，新太郎變得很乖巧，簡直就像變了一個人，之前經常被他欺負的同學都鬆了一口氣。

「新太郎為什麼突然不再調皮搗蛋了呢？」

大家都感到很奇怪，但是小滋並沒有告訴大家原因。他不打算把「猛獸餅乾」的事告訴任何人，那是只有他自己知道的祕密。

新太郎的事根本不重要，小滋現在只想著回家之後要吃狼餅乾，然後他要馴服鄰居飼養的杜賓犬佐依。

他滿腦子只想著這件事。

羽生滋，六歲的男孩。平成三十年的十元硬幣。

紅子的好幫手，
協助柑仔店生意的好夥伴

墨丸和招財貓

「喵哈哈的每一天」

文 熊谷杯人　圖 jyajya

暖和的冬天

好冷……
我要在暖爐桌内暖和一下。
擠滿
這也沒辦法，因為貓都很怕冷。
哎呀！
這樣比坐進暖爐桌更暖和。

用餐時間

各位，晚餐做好了喵。
喵嗚！
小珀做的菜超好吃喵。
但是好像少了什麼喵……
少了什麼喵!?
我明明做了這麼多菜喵……
為什麼會不夠喵！

朗讀會

喵哈哈哈
喵哈哈哈哈
大家好像都很開心喵。
哭哭 啼啼
哽噎
抽噎
嗚嗚……
現在讀到悲傷的情節了喵……
喵哈哈哈
咚！
喵哈哈哈
什麼？突然在狂笑？
倒立
到底是什麼內容喵！

因為我是貓 1

躲在這裡就覺得格外安心喵。
咕嚕咕嚕
咕嚕咕嚕
啊！好棒喵。
夜鴉宅配
這是我的喵。
推過來
好像哪裡……嗯？
大小剛剛好喵。
哇啊啊
寵物醫院
醫院
嗚喵嗚喵!?

因為我是貓 2

我真是吃盡了苦頭喵。
健康檢查!?
檢查結果
主人送了點心向你道歉喵。
哼，我內心受到很大的傷害喵。
看起來好好吃喵。
是頂極鮪魚的香氣喵……
……
牠越來越靠近了……

睡覺時間

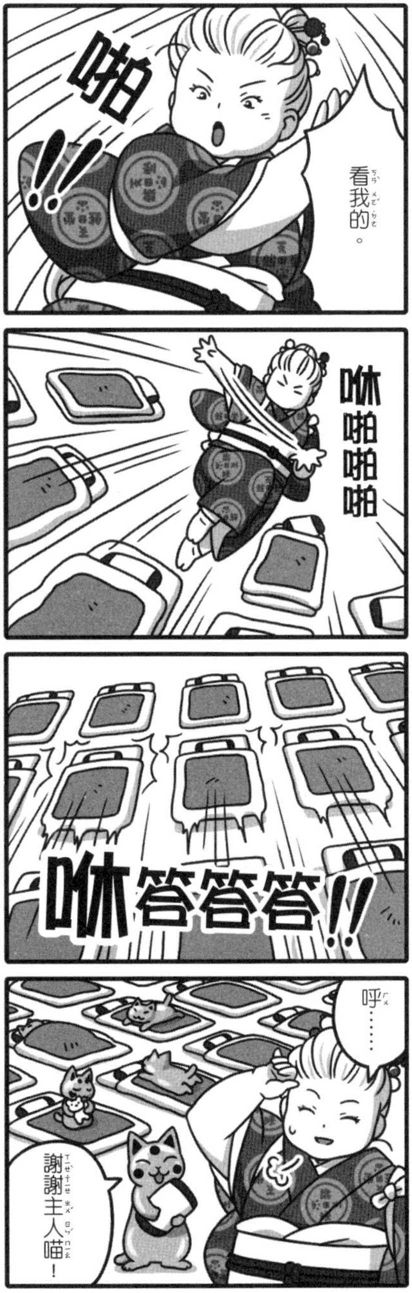
啪!!
看我的。
咻啪啪啪啪
咻答答答!!
呼……
謝謝主人喵!

驚喜

主人播的種子都不發芽喵。
她明明每天都有好好照顧喵。
那我們就讓花快點開喵。
噗嚕
噗嚕
開花糖漿!
呵呵呵……
真期待明天啊喵。
隔天早上……
噗咻噗咻

新商品貓會議

貓會議
新商品
我已經說了，這個沒辦法做成商品喵！
你說什麼？這到底哪裡有問題喵？
點心時間
好吃～
各位，這是點心喵。
繼續貓會議
全都有問題喵！
開什麼玩笑喵！
好吃～！
再吃一次點心喵。
裡面有湯圓喵。

春夏秋冬

春
夏
秋
鈴鈴
鈴鈴
冬

旅行的準備

行李都收好了。
不行喲。
你要留在家裡。
我的天啊……
原來行李箱裡都是招財貓。

一天小旅行

有時候也想感受一下放鬆的感覺。
嘩啦啦
禮品
禮品
人潮
吵吵
鬧鬧
特產店
嗶嗶
卡嚓
嗶嗶
嗶
卡嚓
還是在家最放鬆。
喀噠喀噠
喀噠喀噠

招財貓的座談會

小金 午安，我是「錢天堂」工房的工房長小金喵。

小印 我是「錢天堂」工房負責製作仙貝的小印，喵。

小珀 我是「錢天堂」工房負責製作糖果的小珀，喵嗚。今天我們三隻貓要舉辦第二次座談會。（第一次的座談會收錄在第十集）

小金 那我們馬上開始對談喵。首先關於「神奇柑仔店系列」，感謝各位讀者的支持，我們才能走到今天喵。

小印 終於擺脫了倒霉堂澱澱的糾纏，好不容易鬆了一口氣，沒想到又出現一個奇怪的傢伙，喵。

小珀 對啊，就是那個六條教授。他雖然看起來像是人類，但有點來路不明，感覺很可怕，喵嗚。

小印　就是說啊，喵。我打算開發一款類似倒霉堂「絕交魷魚乾」（P100）那樣的零食讓主人吃，工房長，你覺得怎麼樣？這麼一來，就可以像當時跟澱澱一刀兩斷那樣，讓六條教授再也沒辦法向「錢天堂」出手，喵。

小金　不不不，這樣不行喵，怎麼可以模仿其他店生產的商品呢？我們絕對不做這種丟人現眼的事喵。我覺得主人……應該也不想吃這種零食喵。

小珀　你這麼一說，我想起來了。當初主人吃「絕交魷魚乾」還吃壞了肚子，連續睡了好幾天，喵嗚。

小印　嗯嗯，當時看起來很痛苦喵。

小珀　但是不採取任何對策也有點……工房長，你認為該怎麼辦，喵嗚？

小金　嗯，我認為這件事還是交給主人去處理比較好喵，我們只要繼續努力做零食就好喵。

小珀　那倒是，喵嗚。

小印　小珀，你是負責製作糖果的，你在工作時會注意哪些問題，喵？

小珀　嗯，會注意很多問題，但最重要的還是口味和柔順的口感。我覺得糖果不是只要甜就好，喵嗚。像「晴天檸檬糖」（P57）就是我最近很有自信的作品，喵嗚。我費了不少工夫，才調出有點甜又不會太甜，而且酸味適中的完美比例，喵嗚。

小印　完全同意，喵。我負責製作仙貝，最重視的就是口感。在製作「時光倒轉米香酥」（P62）的時候，如果沒注意火候就會變得太硬，吃起來不是酥脆，而是變得硬梆梆的，反正有很大的學問，喵。

小珀　工房長呢？有沒有什麼特別的堅持，喵嗚？

小金　嗯，不勝枚舉，只說一個太難了喵。像是要思考新商品，還要確認工房的安全。負責製作玩具的組

別，經常有一些危險的發明，所以要特別關心喵。像是在製作「識人儀」（P80）的時候，就不知道爆炸了多少次喵，每次都是我拿滅火器衝過去滅火喵。

小珀　哇，工房長最辛苦了，請你多注意身體，可別累壞了，喵嗚。偶爾也要好好休息，喵嗚。

小印　對啊，下次的休假你有什麼打算，喵？我想要去海邊玩，喵。

小珀　我想去爬山，也想去看各種鬼屋，應該可以蒐集一些靈感來做可怕的零食，喵嗚。工房長，你呢？

小金　我還是最愛溫泉喵。這陣子感覺肩膀很痠痛，搞不好有肩膀痠痛地藏菩薩（P52）在我肩上喵。總之，今天的座談會就先到這裡。「錢天堂」會繼續活力充沛的為大家服務，也請大家繼續支持我們喵。

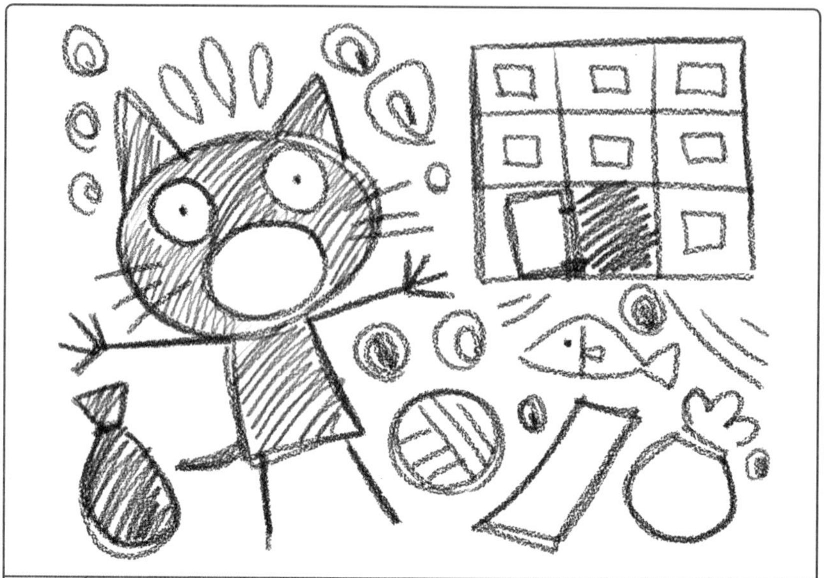

12月31日
今天是大掃除的日子
喵。
招財貓的置物櫃裡
裝滿了各式各樣的東
西，還清理出很多垃圾
喵。

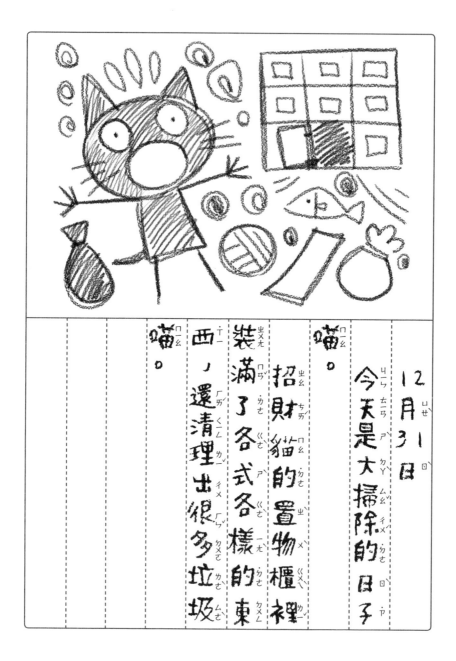

卷末附錄

紅子的煩惱諮詢

你有什麼煩惱嗎？
我會推薦最適合的商品給你。

煩惱 1

我沒朋友

莉莉嘉（十一歲）

我沒什麼朋友，雖然班上有一個和我很要好的同學，但是當她感冒請假我就完蛋了。我自己一個人，下課和午休時間都超寂寞。我一直希望自己有更多朋友，但總是交不到。要怎樣才能交到更多朋友呢？

我認為有一個情投意合的朋友就夠了，但是每個人的想法不一樣。總之，我推薦這款「好朋友餅乾」，給害怕孤單寂寞的客人吃。一袋有二十塊餅乾，想和誰當朋友，就請對方吃一塊，這樣就可以變成好朋友了，呵呵。

\向有這種煩惱的你/

推薦商品

好朋友餅乾

食用方法・特色

鴿子外形的「好朋友餅乾」最適合用來拓展朋友圈。只要請想成為朋友的人吃一塊，馬上就可以和對方成為好朋友。

注意事項

吃了餅乾的人，會整天想和朋友黏在一起，形影不離。要是覺得很煩，拒絕對方一起玩的邀約，就會被所有人排擠。

煩惱 2

我想要獨處

和美（十七歲）

雖然自己說有點「那個」，但我在學校人緣很好，身邊經常圍繞很多同學，熱熱鬧鬧的很開心……但有時候很想一個人靜下來看書或是聽音樂，即使回到家裡，朋友也會找我出去玩，根本沒有一個人獨處的時間。因為人際關係很重要，我沒辦法拒絕朋友……

沒錯，獨處很重要，我非常了解你的心情。對於這樣的客人，嗯，我覺得「孤客洋芋片」很適合你。我很愛一個人一邊吃洋芋片，一邊享受閱讀的時光。坦誠的面對自己，發自內心體會自由，這才是真正的奢侈。正因為有這樣的時間，才能夠在很多方面努力不懈。

＼向有這種煩惱的你／

推薦商品

孤客洋芋片（鹽味）

食用方法・特色

「孤客洋芋片」是帶有淡淡鹹味的洋芋片，吃了之後就能擁有獨處的時間，很適合對人際關係感到疲憊，熱愛孤獨的人。

注意事項

效果很強，所以吃的時候一定要配飲料。如果一口氣吃完，可能會一輩子都孤家寡人、孤立無助。

煩惱 3 兒子愛說謊

和子（三十九歲）

我想諮詢關於我兒子的事。他是獨生子，目前讀小學二年級，他經常說謊，而且都是說一些馬上就被拆穿的無聊謊言。明明沒有刷牙卻說「我已經刷過了」，或是「我已經寫完功課了」，我每次罵他，他就和我吵架……我真的好累，好希望他能夠成為一個誠實的人，我到底該怎麼辦？

嗯，許多孩子會像這樣不加思索的說謊。明明謊言馬上就會被拆穿，但他們還是會脫口說出謊話，聽到他們說這種謊很難不生氣，所以我非常理解你為這件事感到傷神。向你推薦這款「瞎話堅果（咖哩味）」，相信一定能夠解決你的煩惱。但是請先詳閱說明書，在認同這款商品後再購買。

＼向有這種煩惱的你／

推薦商品

瞎話堅果（咖哩味）

食用方法・特色

加了重口味辛香料的堅果，對愛說謊的人很有效。對著吃了這種堅果的人說：「不准再說謊！」對方馬上會變成一個誠實的人。

注意事項

吃咖哩的日子（二十四小時內），辛香料之間的交互作用會讓對方變回愛說謊的人。生活中經常有吃咖哩的機會，所以要小心。

煩惱 4

我很不會說謊

次郎（四十五歲）

我從小就很不會說謊，最近讀高中的女兒開始學做菜，但她做的菜……很難吃。但是她做得很認真，如果我說很難吃，她一定會很難過。也許她以後做菜的手藝會進步，我只要暫時忍耐一下就好，所以我希望能成為說謊高手。

真是令人感動的父母心。的確，如果一開始就說「很難吃」，真的會很傷人。如果能夠自然輕鬆的說：「很不錯喔，如果這裡再改善一下，應該會更好吃。」那就太棒了。既然這樣，請試試這款「大說謊家薑汁汽水」，它很適合像你這樣想說善意謊言的客人。

＼向有這種煩惱的你／

推薦商品

大說謊家薑汁汽水

食用方法・特色

口感清爽的薑汁汽水，喝了之後會變得口若懸河，可以自然的說出謊言，而且只會說善意的謊言，敬請放心。

注意事項

這是一款避免傷害他人的飲料，如果帶著惡意說謊，以後說任何話，別人都會覺得「這個人在說謊」，所以千萬要小心。

商品索引

●ㄅ
報仇尪仔標……16
不敗杏桃乾……43・101
不哭派……47
不會暈羊羹……51

●ㄆ
烹飪樹……11
平衡麵包脆餅……37

●ㄇ
美人魚軟糖……6・55
猛獸餅乾……7・159
貘貘最中餅……18
木乃伊彈珠汽水……23
迷人軟糖……39
媽媽面具……46
面具菠蘿麵包……48
慢郎中蘋果……66・104

●ㄈ
分身泡泡糖……68・137
福爾摩斯豆……72

●ㄉ
稻荷仙貝……14
答錄機蝸牛貼紙……19
多如牛毛文字燒……40・89
獨家新聞可麗餅……76
稻草人形燒……101
大說謊家薑汁汽水……211

●ㄊ
天下無敵甜甜圈……40・89
貪婪紅豆泥……44・102
面具菠蘿麵包……48
探險茶……61・63
同好饅頭……73
團結堅果……89・98

●ㄋ
鬧鬼冰淇淋……8
逆襲薑汁汽水……18・88

●ㄌ
輪流角色扮演花林糖……22・88
狼饅頭……25・55
獵人奶油三明治……44
靈感豆沙苞……56
駱駝輕鬆符……69
老家最中餅……71
聯絡落雁……90

●ㄍ
怪盜螺螺麵包……12・99
哥布林巧克力出奇蛋……27
光溜溜茶……34
孤客洋芋片……209

● ㄎ
款待茶 17
哭不出來派 47
控制蛋糕捲 60
恐龍汽水 63
款待梨 97

● ㄏ
繪馬仙貝 20
護身貓 34．35
海鷗糖 55
回家蛙 59
合身花生 77．91
好心情蜂蜜 91
好朋友餅乾 208

● ㄐ
戒指糖 7
教主夾心巧克力 10．16
驚奇最中餅 36
肩膀痠痛地藏饅頭 52
急驚風麻糬 66．104
君王麵 98．103
絕交魷魚乾 100．203
軍糧牛奶糖 119

● ㄑ
全新徽章 30
千金小姐可可 31
晴天檸檬糖 57．204
驅蟲香水 64
全都要奶油餅乾 65．104
親近堅果 74
搶先看眼鏡 79
嗆辣櫻桃 82
搶奪果凍 103
窮神口香糖 103

● ㄒ
現釣鯛魚燒 9
兄弟丸子 22
虛擬徽章 32
笑到最後麩果 43．101
想要地瓜乾 45
吸一點口香糖 65
嘻哈爆紅花 78
鮮鮮乳酪蛋糕 85
炫耀餅乾 86
消消口香糖 88
瞎話堅果 210

● ㄓ
長高高餅乾 36
置之不理蛋糕 87
珠寶果凍 90
主廚巧克力 96
蛀牙霰餅 102

● ㄔ
除皺酸梅 21
長髮公主椒鹽捲餅 40．89
誠實肉桂糖 90

●ㄕ
睡眠撲滿 26
睡不著仙貝 26・102
刷牙果 28
帥哥面具 33・81
雙語女孩 49
順風耳軟糖 58
時光倒轉米香酥 62・204
識人儀 80・205
時間萊姆片 84

●ㄖ
忍耐鉛筆 38
如魚得水汽水 67
熱帶燒 75

●ㄗ
贈品甜酒 91
作弊炸麻糬 101

●ㄘ
猜題罐頭 24
彩虹麥芽糖 29
催眠蝙蝠 41

●ㄙ
送禮扇 83
三隻手蘋果 99
素描紅豆湯 102

●ㄧ
醫生汽水套組 13
音樂果 15
演講果汁 34
隱形貼紙 53
一馬當先糖 67・104
鸚鵡幣 70
英雄刑警布丁 88・99
演什麼像什麼葛切涼粉 90
衣架子米香 91
遺跡米果 104

●ㄨ
無恥地瓜乾 45
巫女罐 50
無底洞魷魚 54
萬人迷麻糬 81
午睡汽水糖 91

●ㄩ
圓頂夢想屋 42

●ㄜ
餓鬼肉桂糖 98
惡魔糖 103

【幸運寶物】
昭和二十九年的十元硬幣 70
三十五年的五元硬幣 8
三十九年的十元硬幣 67
四十年的五元硬幣 96
四十一年的一元硬幣 48
四十二年的十元硬幣 6
四十三年的五元硬幣 62

四十五年的五元硬幣……78
四十六年的一百元硬幣……10
四十七年的五十元硬幣……46
四十九年的五十元硬幣……14
五十年的十元硬幣……80
五十年的五十元硬幣……81
五十年的一百元硬幣……69
五十一年的五元硬幣……71
五十一年的十元硬幣……97
五十四年的一元硬幣……65
五十五年的五元硬幣……26
五十六年的一百元硬幣……12
五十七年的五元硬幣……20
五十七年的五百元硬幣……87
五十八年的一百元硬幣……59
五十八年的五百元硬幣……58
五十九年的一元硬幣……101
五十九年的五百元硬幣……24
六十年的五元硬幣……86
六十年的五十元硬幣……18・74
六十年的一百元硬幣……29
六十一年的一元硬幣……85
六十一年的一百元硬幣……23
六十二年的一元硬幣……75
六十二年的一百元硬幣……9・16
六十四年的一元硬幣……40
平成元年的五百元硬幣……11
二年的一元硬幣……72
二年的一百元硬幣……41
二年的五百元硬幣……77
三年的十元硬幣……13・22
三年的一百元硬幣……83
四年的五元硬幣……49
四年的五十元硬幣……50
五年的十元硬幣……28
五年的五十元硬幣……79
六年的五百元硬幣……42
七年的一元硬幣……19
八年的十元硬幣……36
八年的一百元硬幣……20
九年的十元硬幣……57
十年的五十元硬幣……66
十一年的五百元硬幣……47
十二年的五十元硬幣……27
十三年的十元硬幣……15
十三年的五十元硬幣……7
十四年的一元硬幣……60
十五年的五百元硬幣……39
十七年的五百元硬幣……21
二十年的一元硬幣……17
二十年的十元硬幣……82
二十年的一百元硬幣……68・141
二十一年的一百元硬幣……44
二十二年的五元硬幣……37
二十五年的一元硬幣……25
二十七年的五十元硬幣……43
二十八年的十元硬幣……45
二十九年的一百元硬幣……63
三十年的十元硬幣……173
三十年的一百元硬幣……76
三十年的五百元硬幣……64・73
三十一年的五百元硬幣……84

歡迎光臨錢天堂
神奇柑仔店大圖鑑

作　　者｜廣嶋玲子
繪　　者｜jyajya
譯　　者｜王蘊潔

特約編輯｜葉依慈
責任編輯｜楊琇珊
封面設計｜林品卉
行銷企劃｜林思妤

天下雜誌群創辦人｜殷允芃
董事長兼執行長｜何琦瑜
媒體暨產品事業群
總 經 理｜游玉雪
副總經理｜林彥傑
總 編 輯｜林欣靜
行銷總監｜林育菁
主　　編｜李幼婷
版權主任｜何晨瑋、黃微真

出 版 者｜親子天下股份有限公司
地　　址｜台北市104建國北路一段96號4樓
電　　話｜（02）2509-2800　傳真｜（02）2509-2462
網　　址｜www.parenting.com.tw
讀者服務專線｜（02）2662-0332　週一～週五：09:00~17:30
傳　　真｜（02）2662-6048　客服信箱｜parenting@cw.com.tw
法律顧問｜台英國際商務法律事務所・羅明通律師
製版印刷｜中原造像股份有限公司
總 經 銷｜大和圖書有限公司　電話：（02）8990-2588

出版日期｜2023年11第一版第一次印行
定　　價｜380元
書　　號｜BKKCJ107P
ISBN｜978-626-305-592-6（平裝）

國家圖書館出版品預行編目（CIP）資料

歡迎光臨錢天堂：神奇柑仔店大圖鑑／廣嶋玲子文；jyajya圖；王蘊潔譯. -- 第一版. -- 臺北市：親子天下股份有限公司，2023.11
232面；17×21公分. --（樂讀456；107）
國語注音
ISBN 978-626-305-592-6（平裝）

861.596　　112015224